Ramasse-toi ou crève

Du même auteur :

Matinale à Percé, Éd. Paulines, 1973.
Matinale à Val-David, Éd. Paulines, 1973.
Matinale à Montréal, Éd. Paulines, 1973.
Matinale à Québec, Éd. Paulines, 1973.
Matinale à La Malbaie, Éd. Paulines, 1973.
Matinale à Roberval, Éd. Paulines, 1973.
Matinale à Oka, Éd. Paulines, 1973.
Matinale à Sherbrooke, Éd. Paulines, 1973.
Madame Tout-Temps, Éd. Paulines, 1975.

Louise Courteau, éditrice inc.
7433, rue St-Denis
Montréal, Québec, Canada
H2R 2E5

Illustration de la couverture: Myriam Makdissi

Typographie: TAPAL'OEIL

Dépôt légal: deuxième trimestre 1990
Bibliothèque nationale du Québec
Bibliothèque nationale du Canada
Bibliothèque nationale de Paris
Library of Congress, Washington, D.C.

ISBN: 2-89239-108-3

Odette Bourdon

Ramasse-toi ou crève

Louise Courteau
éditrice

PREMIÈRE PARTIE

Mylène n'a pas laissé son manteau au vestiaire.

Et cette fois-ci, ce n'est pas vers la salle de presse tout de suite à gauche sur la mezzanine ni vers le kiosque des Éditions du Corbeau qu'elle se dirige. Mylène marche droit devant elle, d'un pas décidé, manquant même de faire trébucher une filiforme jeune fille qui lui offre le « programme » du Salon.

Elle a enfilé son manteau court brun — celui qui lui fait les épaules larges et la taille fine — et des brodequins noirs. Fidèle à son habitude, elle a noué autour de son cou un long foulard de laine ; sa gorge est fragile comme celle de tous les bons Taureaux ! Le foulard qu'elle porte est bourgogne. Elle en possède un assortiment complet : des verts à l'infini dans toutes les nuances comprenant quelques bleu turquoise ou aqua, des bleus pâle ou marine, un jaune, un rouge et un noir. Pendant plusieurs hivers, elle a entretenu cette passion des foulards. Elle adore les porter, les offrir et même les confectionner. Devenue une tricoteuse infatigable digne des réclames de laine Phentex, elle va jusqu'à s'inscrire à des cours du soir à l'Université de Montréal. Oui, des cours de tricot à l'Université ! Sa passion est telle que lorsqu'elle entre dans un magasin, voit de la laine et qu'une teinte accroche son œil, elle ressort de la boutique avec cinq pelotes de laine et plusieurs soirées déjà toutes occupées. Un autre foulard verra le jour sous ses doigts agiles et s'enroulera autour d'un cou bien-aimé. Avec une ardeur qui frise presque l'obsession, elle entreprend la confection d'un autre protège-cou qu'elle souhaite doux comme une caresse. Entre vingt et vingt-cinq ans, elle a tricoté des foulards pour toutes ses flammes ! C'était devenu sa griffe ! Puis, un beau jour où elle avait sans doute des crampes dans les doigts à force de manier l'aiguille, elle décréta que c'était suffisant. Désormais, elle ne tricoterait que pour elle.

« Tu penses ! Un foulard d'un mètre 80, en-mailles-de-riz-une-à-l'endroit-une-à-l'envers — rang suivant, faire l'inverse — pour un gars qui te laissera tomber et oubliera son foulard chez celle qui te remplace... »

Elle a fait cependant une exception pour les filles de Pierre.

Le sac en bandoulière glisse malgré les épaulettes. Mylène va les mains dans les poches, l'air hagard. Bizarre. Dans le hall d'entrée, elle détourne son regard de la photo de Pierre accrochée aux côtés de celles d'autres écrivains contemporains célèbres, immortalisés par Kèro. Ah ! ce qu'il rêvait depuis longtemps de faire partie de cette galerie, le cher auteur ! Comme il doit être heureux de s'y contempler. Pour Mylène, pas besoin de photo pour voir Pierre. Son visage est omniprésent. Dans la tête, dans le cœur, dans les vertiges qu'elle connaît, dans ses menstruations qui ont cessé, même dans ses poumons qui cillent quand elle respire fort, et Dieu sait qu'elle a besoin de prendre de grandes respirations ces jours-ci. Ce visage la hante. La détruit. La tue.

D'un pas alerte, fonçant presque dans cette foule qui aime bien prendre le temps de flâner, de fureter (— Merde ! On ne vient pas au Salon du Livre pour courir le marathon...), elle se dirige vers la scène centrale.

Le spectacle est déjà commencé.

Pierre agit comme maître de cérémonie, déguisé en pingouin. À ses côtés, accorts, un autre écrivain et une poétesse qui, fort heureusement pour le succès du show, ne porte pas de soutien-gorge.

Elle, c'est Jacinthe, la nouvelle blonde de Pierre. Il lui a réservé une place de choix dans le spectacle d'ouverture du sixième Salon du Livre de Montréal. Indomptable fétichiste, il a dû la convaincre de ne pas porter de culotte et de garnir ses hanches d'un porte-jarretelles noir.

Jean, l'acolyte de Pierre, joue le pitre de service. Comme tant d'autres auteurs, il ferait n'importe quoi pour se faire valoir. Tout pour ne pas passer inaperçu, pour ne pas mourir inconnu.

Mylène reconnaît ses deux critiques préférés debout derrière les quelques rangées de chaises. Ils ont récemment démoli le dernier ouvrage de Pierre. Pour la première fois, Mylène était d'accord avec eux. Elle sait que Pierre est très sensible aux critiques et l'imagine prostré devant son ordinateur pendant des jours, rongeant son frein tout en se convaincant que la critique québécoise ne comprend rien à son œuvre. Il devrait s'expatrier en France. Il est incompris. Il finira comme Nelligan. Le monde n'est pas digne de lui. Heureusement, la dulcinée toute neuve est là pour le réconforter, l'assurer qu'il est le plus fin, le plus beau, le plus talentueux, le plus génial. Toute personne ne partageant pas cet avis est méchante, jalouse ou écrivain raté recyclé dans les pages littéraires des journaux. Il ne faut surtout pas que la vie de l'écrivain sous-estimé croule sous l'incompréhension, l'aveuglement et l'ignorance crasse de ceux qui ne savent pas reconnaître son talent, voire son génie.

« Merde, rumine Mylène, qu'il se suicide donc l'écrivain mal aimé, mal compris, pourquoi pas mal baisé tant qu'à y être, qu'il débarrasse le plancher, qu'il aille forniquer ailleurs avec sa Jacinthe débile. Qu'il crève le traître ! »

Sans ménagement et sans même le réaliser, Mylène bouscule quelques personnes pour se frayer un chemin jusqu'à l'estrade.

Mylène dérange. Un peu plus, on la lyncherait. Quand on a les pieds en feu à force d'arpenter des couloirs de livres, on n'a pas envie de se faire écrabouiller les orteils par une hystérique !

Mylène se fout des commentaires qu'on lui souffle dans le dos.

Un des deux critiques la salue chaleureusement. L'autre lui fait un signe amical derrière lequel on devine la pensée suivante : « Aïe ma vieille, avec l'air « stone » que t'as, laisse ton chum faire le show. T'es plus dans le portrait... »

Mylène le sait. Elle n'est plus dans le portrait. C'est la grande en avant qui l'a remplacée !

Mais c'est trop tard. Ou trop tôt. En tout cas, ça y est. Elle ne peut plus reculer. Mylène arrive près de la scène. Les « vedettes » ne l'ont pas encore remarquée, tout absorbées à donner le spectacle. Jacinthe est justement en train de débiter un petit boniment western. Elle veut prouver qu'elle, la poétesse, est capable d'être près du peuple et que le « western », dans sa belle petite gueule de vache, peut se métamorphoser en un vrai poème !

Fixant Pierre dans les yeux — ces yeux noisette qu'elle aimait tant — Mylène pousse un cri qui paralyse Jacinthe au milieu de son envolée oratoire. Les critiques se réveillent. Mériteront-ils mieux cette année que de la parodie bon marché assaisonnée de remarques acerbes au sujet de leurs critiques ? Le show les ennuyait. Mais voilà que celle qualifiée par Pierre de « folle » parce qu'« elle somatise sur mon départ » s'apprête à changer le cours de la soirée. Où est le photographe ? Sans doute parti manger un hot-dog.

Mylène ne crie pas. Elle gémit. Elle gueule. Elle hurle. Elle vomit toutes ces douleurs qui l'habitent depuis que Pierre l'a quittée. Les nerfs du cou tendus, elle souffre. À en crever.

Le public surpris croit que la scène démentielle fait partie du spectacle. Certains applaudissent, d'autres grimacent. Les critiques ont sorti leur petit calepin noir.

— Ça sent le drame, conclut un jeune poète de Matane qui vient d'avaler une tablette d'acide achetée plus tôt rue Saint-Denis.

Mylène sort l'arme de sa poche.

Un Kleenex froissé et un billet d'autobus tombent accidentellement par terre. À deux mains, elle empoigne le revolver, pointe l'arme comme au cinéma. Des larmes irriguent ses joues verdâtres. Elle ne voit plus rien. Ses lentilles cornéennes sont complètement embuées. Le maquillage défait creuse une tanière au coin de l'œil gauche maquillé en vert Jamaïque ce matin. Qu'importe. De toute façon, Mylène n'est plus. Elle tire. Sur la scène, Pierre s'écroule. Le pitre de service n'a pas bougé. Il fixe Mylène. Paralysé, il ne peut s'empêcher de penser — ah! le malade — qu'il aura un concurrent littéraire en moins — ça peut être important quand le Conseil des Arts accorde ses subventions! — et une femme de plus à baiser. À peine a-t-il le temps de réaliser que le barillet de l'arme n'est pas vidé. Quant à Jacinthe, elle a laissé tomber sa « westernité » pour se pencher sur l'ex-chum de la criminelle. Son nouvel amant.

Avant qu'on ait pu la maîtriser, Mylène tourne l'arme contre elle. Ses doigts s'enfargent. Elle aurait dû le prévoir : difficile de se suicider en visant le cœur. C'est la tête qu'il faut viser... La tête.

À ce moment-là, un grand cri retentit dans la maison. Le chien bondit en jappant. La colombe tombe de son perchoir.

Mylène se réveille en nage... Seule. Dans un grand lit déserté.

* * *

Encore ce matin, Mylène se demande comment elle parviendra à passer à travers cette journée. Tant de travail l'attend au bureau. Les vacances approchent à grands pas et il faut prendre les bouchées doubles.

Son visage est bouffi tellement elle a pleuré.

Pas question de porter ses verres de contact tant les yeux lui brûlent. Elle est affreuse à voir. Elle est malheureuse. Et surtout bouleversée par l'horrible cauchemar qui l'a laissée pantelante au petit matin. Elle a eu beau boire trois grands verres de jus d'orange d'affilée, ce n'est pas la grande forme. Faut croire qu'il faut plus qu'une « overdose » de vitamines C pour être bien dans sa peau !

Plus que deux jours avant les grandes vacances estivales. Quatre semaines de liberté. Mylène s'est juré de tenir bon et de ne rien laisser filtrer de cette mort installée au centre de sa vie. Il est trop tôt pour les confidences. Si une seule larme perle sur ses joues, c'en est fait ! Un fleuve d'amertume, de douleur et de désespoir déferlera au service des relations publiques de l'agence où elle travaille depuis six ans. Elle accepte tout... sauf « faire pitié ».

Ce matin pourtant, c'est bien pitié qu'elle fait. Pitié à en pleurer. Pitié à en chiâler. Pitié à en vomir. Et elle aurait bien besoin d'une mère — de sa mère — pour la bercer... la bercer... lui raconter doucement, tendrement, une belle histoire qui finirait bien.

Il y a une semaine, Pierre lui a annoncé qu'ils n'avaient plus rien en commun. Il devait partir, sinon il se suiciderait.

Il a tout arrangé avec son ex-femme. Elle reprend les deux enfants. Il n'y a plus rien à faire. Surtout inutile de gémir. Il a tout tenté, même une thérapie. Il doit partir... ou mourir. Mais ils resteront des amis. Se feront même l'amour. Dix ans de vie à deux, ça ne s'oublie pas. Ça mérite même une certaine reconnaissance pour les enfants dont elle a pris soin pendant ces années. Il la remercie pour son dévouement. Qu'elle n'aille surtout pas croire qu'elle a été utilisée. Si elle a partagé les coûts du logement, de l'auto, de l'ordinateur de monsieur, des écoles privées des enfants, de leur habillement, des sorties, des vacances, et de la thérapie même, c'est bien parce qu'elle l'a voulu. Après tout, c'était bien normal avec son salaire ! Il ne lui a jamais demandé quoi que ce soit.

Tout ce qu'il veut maintenant, c'est la liberté pour rejoindre sa nouvelle chérie, Jacinthe. Il l'appelle même, avec un air extasié, « la femme de mes rêves ».

Il a décrété que tout est fini entre Mylène et lui et refuse toute discussion. Il n'y a rien à expliquer. Surtout, il faut éviter les colères ou les scènes de ménage toujours tellement disgracieuses. Son cœur trop fragile ne le supporterait pas. Il est sensible, le pauvre chéri. Il ne faut surtout pas le rendre malade avec cette rupture. Il ne faut pas le tuer alors qu'il est à l'orée d'une forêt pleine de magie, d'amour, de Jacinthe... Sachons rester dignes.

Exit. Over. « On s'est trompé, changez de côté, swignez votre compagnie... » Oh yé ! Dans le fond de la boîte à bois. Pis ferme ta gueule quand tu pleures.

Cavalier, penserez-vous ? Assez. Oui. Et assez près de la vérité. Du moins de celle que percevait Mylène en ce matin de juin 1985.

Hier, les déménageurs sont venus chercher les effets de Pierre. Déjà, ce qui appartient aux enfants a été transporté.

Et tout ce beau petit monde devient presque voisin. Les enfants et leur mère retrouvée, à deux portes, et Pierre, à l'autre coin de la rue. Comme si, tout à coup, ce coin du Plateau Mont-Royal revêtait un intérêt particulier, qu'un aimant diabolique empêchait ces gens de prendre leurs distances, de s'aérer un peu.

Quand Mylène a confié à Pierre qu'elle le trouvait infâme de loger ses amours si près de ses douleurs, il a fait mine de ne rien comprendre.

— On reste des amis nous deux, Mylène, de grands amis. On a tellement partagé de choses ensemble. Je n'oublierai jamais. Jamais.

Quant à Mylène, elle n'avait pas l'énergie nécessaire pour même penser au mot « déménagement », toute occupée qu'elle était à ramasser les mille miettes d'un être qui prétendait porter son nom et lui ressemblait vaguement, dans une maison vidée en bonne partie de son contenu et de ses habitants ! S'il le fallait, elle fermerait les stores, se mettrait un sac sur la tête pour ne pas les voir — lui et elle — mais pas question de déménager. Ce logement niché dans un troisième, c'était son antre, son coin, son refuge, son identité presque. « Laissez-moi au moins ça », se braillait-elle parfois à elle-même.

* * *

Pour la centième fois, Nathalie répète que ces vacances-ci seront les plus belles de sa vie. Ses yeux magnifiques, avec leur lumière bleue enchâssée de cils noirs et démesurément longs, s'animent avec passion. Muhamed l'attend à Marrakech. Après avoir visité la ville impériale, ils passeront une quinzaine de jours sur les plages d'Agadir.

— Un rêve que je vous dis, ces vacances marocaines !

Pour la centième fois aussi, Nathalie verse une larme — une vraie — (on s'en méfie car elle est pas mal comédienne !) en songeant à l'éventuelle rentrée au pays.

— J'suis pas faite pour travailler..., gémit-elle.

Et quand elle aura débouché la deuxième bouteille de sa réserve personnelle, Nathalie avouera que ce qu'elle aime le plus dans la vie, c'est faire l'amour. Si elle se laissait aller, elle irait jusqu'à confesser qu'elle adore les machos qui lui font mal et lui laissent des marques. Ces choses-là ne se disent pas. Alors Nathalie boit pour moins parler ! Occupée à tremper ses lèvres dans la divine coupe, elle ne dit pas de sottises.

Mylène la regarde et lui sourit. « Maudit qu'elle est folle, une belle folle, une superbe folle ! »

Mylène la raisonnable, la dévouée, l'amoureuse, occupera bien autrement ses vacances !

Le patron prend maintenant la parole.

— Permettez-moi de lever mon verre et de porter un toast, chers consœurs et confrères, aux vacances qui commencent demain... et je dirais même plus, qui sont déjà bien amorcées.

Il croit faire subtilement allusion à cette journée de vacances payée que les gens de son service s'accordent chaque année... sans la permission de qui que ce soit. Son rire presque hystérique remplit un instant — interminable instant — la Brochetterie Alexandre de la rue Duluth, presque vide en ce 28 juin, quinze heures.

— Maintenant si chacune et chacun racontaient ce qu'elle ou il fera pendant ses vacances...

(Depuis quelque temps, il est bien pénible de converser, soit depuis que Françoise, dans un regain de féminisme, a décrété qu'elle en avait assez que le masculin l'emporte sur le féminin. Alors... on ménage les subtilités.)

Cette proposition originale de raconter les projets de vacances, c'est Luc qui l'a faite. Fier de dire que cette année, il passera le mois de juillet avec son ami, Roger. Il n'a pas oublié que l'an passé, à pareille date, il s'inventait une copine. En douze mois, Luc a accepté son homosexualité. C'est un être nouveau qui a vu le jour. Cet été, il va à San Francisco avec Roger, au paradis des gais. Il le dit sans gêne, sans pudeur, sans exhibitionnisme non plus. Comme cela lui est bon.

Nathalie et Guillaume l'agacent bien un peu en lui rappelant les dangers du sida et les précautions à prendre. On blague. Avant le repas, Guillaume remet même à Luc un petit cadeau tout spécial : un assortiment complet de condoms de toutes les couleurs dans un éventail de textures ! Le rire gagne les tables voisines. Le précieux présent a été offert emballé dans du papier rose parsemé d'étoiles argentées. Sans en avoir l'air, on craint qu'il ne rapporte cette funeste maladie... dans le service. Malgré l'information médicale, le spectre du fléau, cette lèpre du vingtième siècle, plane partout. On a peur.

On n'embrasse plus Luc comme on le faisait auparavant. Il y a un an encore, Françoise et Nathalie démontraient spontanément leur affection à leur ami. On l'embrassait sur la bouche, sans retenue. Aujourd'hui, on n'embrasse plus personne sur la bouche... à part le conjoint officiel qu'on espère fidèle ! Lorsqu'on a su que Luc était homosexuel — et on l'a su bien avant qu'il ne se l'avoue — on le trouvait rassurant. C'était le gars parfait avec qui sortir le soir pour aller voir un film ou partager une bouffe. Aucun mari, aucun chum, ne s'inquiétaient de cette fréquentation.

Avec lui, pas de sous-entendus équivoques sinon pour le plaisir, pas de situations gênantes ou embarrassantes. Pas de crainte de « comment on va finir la soirée ? ». Presque un jeu perpétuel. Dans les discothèques ou dans les bars, on ouvrait régulièrement les paris pour savoir qui allait « avoir » le beau blond ! Lui ou elles ?

C'étaient les fous rires, les clins d'œil complices, les petits billets passés d'une table à l'autre. Sans crainte. Parce qu'on n'est pas seul. Et que tout peut n'être qu'un jeu.

Mylène se rappelle leur dernière sortie, Nathalie, Françoise et Janette. Comme elles ont eu du plaisir avec Luc. Toujours drôle, pince-sans-rire, affable, prévenant, un vrai gentleman, et si sympathique à part ça. Et comme elle a ri de bon cœur ce soir-là, Mylène. Comme elle a bien fait de rire. À ce moment-là, elle ignorait encore que quelques heures plus tard, un fil se casserait.

Le lendemain matin, Pierre lui remettait une lettre lui annonçant son besoin de réfléchir. Il n'est plus sûr de ses sentiments. Il se sent perdu. Malheureux. Très malheureux. Déprimé. Dépressif. Bref, au bord de l'abîme inqualifiable du suicide... à moins qu'elle ne consente à son départ, qu'elle le laisse déserter le nid familial sans dire un mot.

Leur amitié est si extraordinaire, prétend-il, qu'elle survivra à toutes les vicissitudes de la séparation.

La si intelligente Mylène, la si dévouée Mylène, la si talentueuse Mylène, elle pourra enfin se retrouver seule. Dix ans à partager la vie d'un merveilleux écrivain et de ses filles, elle méritait bien maintenant de penser à elle.

— Tu verras, un jour tu me remercieras. Tu sais, je t'aime.

« Mais laisse-moi partir au plus sacrant », semblait-il marmonner entre ses dents.

Un petit peu plus, et il exigerait de Mylène un peu de reconnaissance. Il lui aurait offert deux semaines de vacances au Club Med de Paradise Island qu'il ne se serait pas attendu à plus de remerciement !

Pour retenir une larme, Mylène se sert un autre verre de vin en n'oubliant pas les autres ! Evidemment qu'elle n'oublie pas les autres, c'est pas dans sa nature, la chère Mylène. Mais cette fois-ci, elle est loin de s'oublier. Elle est même très généreuse envers son gosier. Un peu plus et son verre déborderait. Faut dire que le vase déborde déjà !

Depuis quelques verres, le vin a perdu son goût. C'est l'engourdissement, le ralentissement des gestes et des paroles qui lui plaisent. Elle dormirait bien là tout de suite.

Comme elle se fait pitié.

Comme l'histoire qu'elle se raconte — la sienne — lui semble d'une tristesse douloureuse, odieuse, incroyable, inacceptable et incommensurable.

Elle voudrait anesthésier ces déchirantes pensées. Les faire disparaître à jamais. Ou mieux. Elle va se réveiller. Tout ceci n'est qu'un mauvais rêve. Un cauchemar. Tout à l'heure, Pierre la prendra dans ses bras et la cajolera en lui disant :

— Ma belle, je pense que tu es en train de faire un bien mauvais rêve... Réveille-toi... Je t'aime.

Mais la vie impose sa cruelle réalité.

Rationnellement, Mylène sait bel et bien que Pierre ne l'aime plus. Qu'il lui a enlevé ces enfants qu'elle a tant aimées. C'est tout. C'est terminé. Il la laisse après dix ans de vie commune. Il part avec une autre. Une autre qui sera peut-être une meilleure correctrice, une meilleure lectrice, une meilleure conseillère et peut-être une meilleure surintendante pour sa maison. Point final. Elle aurait beau philosopher, lire tous les bouquins sur le comportement humain, tenter de décortiquer les torts de chacun, pour elle la vérité se résume ainsi : on la quitte, on la rejette.

Tandis qu'elle émerge avec difficulté de ses pensées, Janette, une autre de ses compagnes de travail, se plaint que cette année encore elle passera l'été au chalet du lac Bleu — lequel...? — avec ses deux enfants.

— Ce que je voudrais, c'est voyager. Voir la mer. Voir du pays. Aller ailleurs. Partir. Je suis tannée du gaz propane. Je suis tannée de manger des maringouins chaque fois que je mets le nez dehors. Je suis tannée des vieux lits qui craquent. Je suis tannée des prélarts usés toujours tachés. Je suis tannée du sable dans la maison. Mais mon cher mari, il ne comprend pas ça. Lui, il voyage toute l'année pour son travail. (Elle tait : « ... et pour sa maîtresse ! ») Alors l'été, tout ce qu'il veut, c'est trouver un coin tranquille et ne rien faire. Puis c'est moi, la belle dinde, qui fais tout. Les repas, les commissions, les pique-niques, les réceptions pour la visite, alouette.

Janette se verse un autre verre.

Si ça continue comme ça, il faudra que quelqu'un — encore capable de marcher relativement droit — se sacrifie pour aller au dépanneur renouveler la provision de bouteilles! Déjà huit litres ont été prestement vidés. Un pour chacun, deux pour Nathalie.

— Puis toi Mylène, qu'est-ce que tu fais cet été? Pars-tu en voyage de noces avec l'écrivain ou si tu vas jouer à la mère?

Luc rit avec plaisir. Mylène se sent gênée. Et les autres qui la regardent.

— Bof! On sait pas trop...

— Tiens, tiens! Des petits projets cachés peut-être? poursuit Simon.

Mylène éclate de rire. Rire, pleurer, crier, n'importe quoi, mais que l'attention se porte ailleurs.

Rassemblant toute son énergie mourante, Mylène se lève.

— Bon. Veuillez m'excuser, mais je dois aller là où les reines vont seules. Pendant ce temps, je vais penser à mes vacances.

Et sur un ton qui se veut badin:

— Surtout, n'arrêtez pas de boire pour moi...

Le groupe s'esclaffe et cale de plus belle.

Luc, déjà parti au dépanneur, revient avec des bouteilles de Corbières, un blanc et un rouge.

— Puis toi Françoise, la femme libre et libérée, qu'est-ce que tu fais pendant tes vacances?

Divorcée depuis une dizaine d'années, Françoise, trente-cinq ans, a assumé sa solitude et semble s'en accommoder fort bien. Elle a des tas d'amis, mais elle a choisi de vivre seule.

— Avec lesquels de tes amants passeras-tu tes vacances ? As-tu fait un horaire pour les arrivées et les départs ?

Françoise pouffe de rire. Elle a la réputation d'avoir de nombreux amants et fait tout ce qu'il faut pour la maintenir.

— Imaginez-vous donc que j'ai deux copains qui ont des voiliers. Alors cet été, vogue la galère ! Je me déguise en matelote et ce sera moi la figure de proue, cheveux au vent.

— Pourvu qu'on ne te monte pas un bateau, rétorque Simon.

— J'ai l'habitude... Et toi Simon, reprend Françoise, qu'est-ce que vous faites pendant les vacances ?

Depuis toujours, avec son patron, Françoise passe du tutoiement au vouvoiement, incapable de se brancher.

— Ogunquit, évidemment. Ça fait bien dix étés qu'on se retrouve là-bas avec toute la famille. Comme d'habitude, on logera au Colonial House. On ira à la plage. Ma femme lira un tas de bouquins — elle va sûrement encore tomber amoureuse de John Irving qui vient de publier un autre livre — et moi, je crierai après les enfants qui s'empiffreront de hot-dogs au ketchup. À dix-huit heures, on prendra l'apéritif en se convainquant qu'on est heureux, puis on ira dépenser une fortune au restaurant avec des enfants qui rechignent tout le temps.

— Oui, mais pourquoi vous ne partez pas tous les deux seuls, ta femme et toi ?

— Ouf ! Tu connais pas ma femme. Elle aurait peur qu'on ait trop de temps à nous...

Françoise regarde les autres. Dans le service, tout le monde est au courant que le patron a une maîtresse. Voilà donc son message passé : « J'ai une maîtresse... mais c'est pas de ma faute ! » Un peu plus et Françoise lui rirait au visage.

Malicieusement, Luc demande avec un sourire en coin :

— Passerez-vous toutes les vacances là-bas... ou si vous viendrez parfois en ville ?

Simon, fier de la question, a soudain l'impression qu'entre hommes — même d'« allégeance » différente — on se tient !

— Eh bien, je dois venir à Montréal pour mes affaires, quelques jours à la mi-juillet.

Tout le monde sait que « l'affaire » de Simon porte des talons très hauts, une jupe courte et une poitrine rebondie.

Les gars rient un bon coup. Le patron, c'est un vrai mâle. Capable de trouver des prétextes pour s'envoyer en l'air... même pendant les vacances familiales.

Mylène vient de reprendre sa place, maintenant consciente de son équilibre précaire.

Dans la salle de bain, elle a failli paniquer en essayant de déverrouiller la porte pourtant ballante. Elle était même prête à ramper pour sortir de là ! Pour terminer le tout en beauté, elle a raté une marche et a bien failli s'étaler de tout son long dans le restaurant.

À partir de tout de suite, Mylène s'en tient à l'eau Perrier. Un verre de plus, elle éclaterait. Pas question de déballer en public cet énorme chagrin qui est en train de la ronger.

* * *

Premier jour de vacances.

Quel soulagement. Et en même temps, premier affrontement de la nouvelle réalité.

Mylène avait bien pressenti que ce matin serait un des plus pénibles de sa vie. Elle se sent au bout du rouleau. Elle n'aurait pas pu se retenir encore longtemps. La routine du bureau a eu un effet bénéfique pendant la rupture. Elle la liait à la vie.

Ces derniers jours, Mylène était aux petits oiseaux quand une réunion était proposée. Avec toute la concentration dont elle était capable, elle tentait d'oublier sa situation pour prendre part aux discussions. Malgré ce mal qui la minait, elle parvenait même parfois à faire un peu d'humour.

En son for intérieur, Mylène pense que rien n'est définitif. Pierre va s'aérer un peu et lui revenir plus amoureux que jamais, un peu penaud. Il serait un homme nouveau. Il aurait compris que personne ne peut supplanter sa Mylène. Merveilleuse Mylène déjà disposée à lui pardonner !

Mylène n'a presque pas dormi. Seuls les Ativan que la femme médecin lui a prescrits lui ont permis de récupérer un peu.

Ce matin, c'est le vide. Le grand vertige. L'angoisse. Mylène a mal à l'estomac. Tout se noue au niveau de son épigastre.

— Je vais en crever, c'est sûr...

Elle cherche à s'en persuader. La mort — la fin de la douleur — se profile comme un espoir. Impossible de tant souffrir sans en mourir. L'espace d'un éclair, elle songe qu'il y a sans doute des malades qui pensent ainsi. Mais elle, elle est en vie, en santé.

— Je veux mourir, braille-t-elle.

Elle se répète les paroles dites à Pierre lorsqu'elle voulait discuter avec lui et qu'il refusait cette demande pourtant fort légitime. Elle frappait dans le mur, se roulait par terre, s'en prenait agressivement à cet homme qu'elle avait tant et tant aimé, prête à lui faire mal, à le blesser, à le gifler, à l'humilier, à le grafigner, à le défigurer, à le mutiler, à le tuer. Mylène se culpabilise de tant de colère.

Oui, elle comprend maintenant que l'on puisse tuer sous l'emprise de la colère. Et cette constatation l'effraie.

Mylène va boire un verre d'eau. La chantepleure ne ferme pas juste et ce détail la laisse complètement démolie.

— Qu'est-ce que je vais faire toute seule ? Je ne sais même pas comment réparer un robinet qui fuit...

Au lieu de lui faire du bien, le simple verre d'eau — même pas assez froide — la renvoie à sa solitude nouvelle.

Mylène baisse la toile, s'assoit sur le bord du lit.

Dans sa maison, elle se sent à la fois prisonnière et à l'abri.

Elle s'étend sous l'édredon, elle a chaud. Elle se découvre. Aussitôt elle a froid et ramène les couvertures. À nouveau elle pleure. Gémit d'abord doucement puis s'époumonne.

Elle étouffe littéralement. C'est l'asphyxie. Elle n'en peut plus. Son cœur va exploser. Ça fait trop mal. Elle meurt par en dedans.

Elle songe aux maladies qu'elle peut « se faire » à force d'être mal dans sa peau. Elle en a peur. Ulcères, dépression, cancer, peuvent s'instiller dans son être et ne se révéler qu'un an ou deux plus tard. Quand elle aura peut-être passé au travers. Ironie du sort.

Mylène se lève. Elle sent un regain d'énergie. Elle va ouvrir la porte du balcon. Une masse d'air chaud s'affale dans la maison. Le chien en profite pour sortir. Capucine se couche au soleil, l'air découragé elle aussi. Depuis quelques semaines, la pauvre bête a vécu bien des départs et a peine à se retrouver. Elle réalise qu'elle n'a maintenant qu'une seule maîtresse. Où sont les deux autres plus jeunes et le maître qui la sortait rituellement tous les soirs ? Lui, il était très gentil. Il l'emmenait au petit parc de la rue Mont-Royal. Souvent, il arrêtait à la boîte téléphonique. Il est même arrivé qu'il saute dans un taxi avec elle et revienne une heure plus tard, prétextant une longue marche. Ces soirs-là, Capucine ne comprenait plus rien. Elle savait cependant que ses besoins à elle n'avaient pas été satisfaits.

Elle apercevait bien cette autre dame si accueillante pour son maître, mais elle avait parfois l'impression d'avoir rêvé ces escapades tant le maître était naturel à son retour à la maison.

Un chat passe dans le parc en courant, et Capucine tourne la tête comme pour ne pas devoir japper après ce félin qu'elle dédaigne royalement. Capucine est trop lasse pour réagir et fait mine de n'avoir rien vu. Elle sort un peu la langue, avale sa salive et ferme les yeux.

— Tiens ! Même le chien qui déprime...

Mylène fait les cent pas dans le corridor qui traverse la maison. Elle tourne en rond. Elle prend de grandes respirations. Puis elle a froid. C'est la panique à nouveau. En pleurant, elle invite le chien à rentrer, ferme la porte du balcon, baisse le store.

Elle est seule. Elle a peur.

Elle devrait peut-être s'habiller et aller prendre une marche. Mylène pleure un bon coup. S'effondre sur le lit si inutilement grand maintenant. Puis elle a chaud. Elle sent la transpiration. Ses cheveux sont en broussailles.

En faisant un grand effort, Mylène va à la salle de bain et ouvre les robinets du vieux bain à pattes. Elle ouvre tout d'abord l'eau chaude, puis l'eau froide. Habituée à prendre des bains très chauds, elle les prend tièdes l'été. Ses doigts vérifient la température de l'eau. Elle va chercher des serviettes propres. Déjà, elle les a changées hier, mais c'est devenu presque une obsession. Elle prend plusieurs bains par jour et change constamment les serviettes. Même sans posséder un doctorat en psycho, Mylène explique facilement cette nouvelle manie de tant se laver et de tant laver !

Encore mal adaptée à sa nouvelle vie et à ce décor qu'elle a dû se composer en vitesse, Mylène se demande parfois où sont passés certains meubles, certains tableaux qu'elle aimait beaucoup ou même certains chaudrons qui lui seraient tout à coup utiles.

Pour l'instant, il n'y a que le bain qui importe.

Mylène suspend sa robe de chambre au crochet derrière la porte et se glisse dans le bain tiède. Capucine vient lui tenir compagnie, allongée sur la descente de bain.

Mylène sent le bienfait de l'eau sur sa peau qu'elle savonne rigoureusement. Tout à coup, deux grosses larmes roulent sur ses joues fatiguées. En lavant son corps, Mylène songe à l'intimité qu'elle avait avec Pierre. Etre désirée, désirer, sont-ce des sensations révolues à jamais ? Qui l'aimera ? Pourra-t-elle encore aimer ?

Avoir un seul homme dans sa vie, n'est-ce pas l'idéal ? Avec Pierre, elle bénéficiait d'une espèce d'assurance-sexualité. (S'il l'entendait !) Et juste un homme dans votre vie, c'est merveilleux... avec toutes ces maladies qui courent !

Mylène sait maintenant que si pour elle il était unique, elle ne l'était pas pour lui. La preuve est toute là. Une preuve qui s'appelle Jacinthe. Et avant Jacinthe, qui d'autres avait-il aimées ?

Nerveusement, Mylène se dirige vers la garde-robe. Elle doit réagir. Ce chandail gris ira bien avec ses jeans. Elle s'habille, se peigne, se maquille très légèrement. Tout à l'heure, elle téléphonera à ses parents pour prendre de leurs nouvelles et leur en donner, comme elle le fait quelques fois par semaine.

L'effort qu'elle consent pour masquer sa douleur toujours si intense, la réconforte. L'autre jour, elle a même ri avec sa mère en parlant de Capucine.

Le combiné raccroché, Mylène se demande à qui d'autre elle pourrait bien téléphoner. En vivant avec Pierre, elle a complètement négligé ses amis. La vie de famille occupait tout son temps. Pour libérer le grand homme des tâches ménagères et du souci des enfants — de ses enfants à lui, faut-il le rappeler ! — Mylène jouait les femmes-orchestre. Voilà peut-être pourquoi elle ne peut accepter ce départ. L'impression d'avoir tout fait pour lui et ses enfants rend inimaginable qu'il parte ainsi tout bonnement, comme si de rien n'était !

Elle déteste son mépris et se culpabilise de le haïr à ce point. Elle s'en veut d'avoir été aveuglée par cet homme, par l'amour. Elle réalise par ailleurs que sa haine, c'est un cri d'amour. Un cri désespéré. Un cri dans le désert.

Que ça fait mal de tant aimer. Que c'est pénible de se retrouver toute fine seule.

Mylène s'ennuie des enfants. Comme elle aurait aimé leur éviter ce déchirement. Fort heureusement, elles sont avec leur mère. Bien que Mylène ait vraiment l'impression que c'est elle, et elle seule, leur mère. Les filles voyaient leur mère une fin de semaine sur deux et entretenaient de bonnes relations avec elle. Aujourd'hui, leur « vraie » mère reprend son « vrai » rôle.

Mylène ne figure plus dans le portrait de famille. Monsieur en a décidé ainsi. Mylène aurait bien gardé les deux filles mais légalement, elle n'a aucun droit. Mylène n'est rien. Ni mère. Ni épouse. Elle aura été une amante pour Pierre, une servante aussi, et une bonne amie pour Marie-Eve et Myriam. Elle a eu beau tout partager pendant dix ans, rien ne compte plus. L'écrivain a décidé de partir avec une autre, que tout le monde se rallie à ses désirs. Puisqu'il n'est pas question que la « femme de ses rêves » joue à la mère, il redonne les filles à l'ex-épouse sans même les consulter. Pourquoi mettre des gants blancs ? Il a le droit, lui l'artiste, de tout mener à sa guise. Après tout, c'est lui le créateur, le génie, le dieu. Il ne faut pas le contrarier, cela pourrait nuire à son inspiration ou bien lui donner des démangeaisons !

Comme lorsqu'elle avait seize ou dix-sept ans, Mylène feuillette son carnet de numéros de téléphone. Ce n'est pas comme à l'époque où elle cherchait un ami avec qui aller entendre Claude Gauthier à l'Université de Montréal, c'est plutôt pour repérer une amie ou un ami avec qui parler. Une amie, un ami. Quelqu'un qui l'a connue avant, pour qui elle a existé avant que Pierre n'envahisse sa vie. Quelqu'un qui ne posera pas trop de questions mais qui écoutera. Une oreille.

Hier soir, elle a failli appeler Tel-Aide mais s'est ravisée. Ce serait trop long à raconter. Elle n'est pas encore capable de tant d'explications. Il lui faudrait quelqu'un qui la devine, quelqu'un qui sache, quelqu'un qui comprenne à mots couverts. Et puis Tel-

Aide s'occupe sûrement de cas plus importants. Elle attendra. Quand elle n'en pourra plus, elle appellera à l'aide. Pour l'instant, Mylène se fie à ses ressources.

Elle a vécu une autre séparation, il y a déjà bien longtemps, quand son mari l'a quittée. Mais cette histoire est maintenant si lointaine que Mylène ne s'y retrouve presque plus. Depuis sa rencontre avec Pierre, Mylène a oublié son ex-mari. Certes, elle y pense parfois, mais c'est comme une histoire qui serait arrivée à quelqu'un d'autre... pas à elle. Elle se rappelle son énorme chagrin, les procédures pénibles du divorce et les innombrables déchirures à une époque où ils avaient tenté de remplacer l'amour par l'amitié. Peine perdue. Il a fallu du temps et beaucoup de temps pour oublier, pour effacer, pour comprendre, pour pardonner. Et l'amitié n'étant pas une fraction de l'amour mais un sentiment bien distinct, Mylène doute fort qu'un jour, Pierre et elle deviennent de bons amis. Elle n'avait pas réussi avec son ex-mari, comment y parviendrait-elle avec Pierre ?

— Pourquoi me quitte-t-on ? Qu'est-ce que j'ai ? Qu'est-ce que je n'ai pas ? gémit-elle.

* * *

Encore une fois, Mylène se retrouve en mille miettes. Il faut pourtant qu'elle se ramasse sinon elle crèvera.

La chaleur suffocante, la maison trop familière et à la fois trop différente de ce qu'elle était il y a quelques jours à peine, c'est trop. Sortir, s'évader plutôt.

Mylène siffle le chien, accroche au passage une bouteille d'eau Evian et deux pommes qu'elle dépose dans un panier. Elle sort. Il faut qu'elle sorte. Capucine est toute heureuse d'entendre le bruissement de la laisse. Enfin, une manifestation de joie dans cette maison !

Mylène dévale rapidement les deux escaliers. Elle ne veut surtout pas être arrêtée par une voisine curieuse qui oserait lui demander pourquoi on ne voit plus ni monsieur ni les enfants...

Le chien bondit dans la voiture. Déjà, au coin du boulevard St-Joseph, Mylène respire mieux. Tiens ! Elle ira faire une balade à la montagne.

Contente de voir sa maîtresse de meilleure humeur, Capucine frétille sur la banquette avant et pousse la hardiesse jusqu'à vouloir s'asseoir sur la conductrice.

Brutalement, Mylène la repousse.

— Assis Capucine. Sois fine !

Le chien reprend sa place, regarde dehors et oublie vite la remontrance.

Le stationnement du lac aux Castors est très fréquenté par ce temps de canicule. Mylène trouve bien une petite place. Quatre 25 cents dans le parcomètre, et machinalement, Mylène calcule qu'à trois heures, le temps alloué sera écoulé. Il lui restera bien des heures à passer, seule, jusqu'à la venue de la noirceur.

C'est pire d'être malheureux quand il fait soleil, pense-t-elle. La noirceur enveloppe et cache la douleur. Elle semble atténuer la présence cruelle des gens heureux. Quand on est malheureux, tout autour de soi semble crier la joie.

Avec difficulté, Mylène et Capucine ont franchi le chemin Camillien-Houde. Un exploit! Les automobilistes n'ont pas beaucoup de respect pour les piétons. Il faut presque courir quand on traverse cette artère.

Autour du lac, des enfants s'amusent. Certains jettent des miettes dans l'eau. Vivement, une bande de canards arrivent en caquetant et avalent goulûment les morceaux de pain. Des goélands se joignent à eux. Ils sont voraces. Des pigeons roucoulent au bord du lac espérant eux aussi leur ration. Les jeunes ont un plaisir fou. Des gestes nerveux scandent leurs rires.

Plus loin, un jeune couple s'est assis et, avec une cacahuète, attire vers lui un écureuil.

Mylène passe devant le restaurant du lac aux Castors et se dirige vers le terrain de jeux. Elle gravit une petite butte et retrouve la table à pique-nique qu'elle convoitait. D'un côté, elle voit les enfants qui s'amusent, et de l'autre, elle peut apercevoir le lac et les oiseaux toujours aussi nombreux et gourmands. Elle attache le chien au bout d'une longue laisse qu'elle a fabriquée pour lui permettre un peu de liberté.

Un groupe de jeunes enfants s'approche du chien. Tirée de sa lecture, Mylène lève les yeux. C'est toujours fascinant d'observer la réaction des enfants et celle de son chien. Mylène apprend aux enfants que son chien se nomme « Capucine ». Ils semblent tout de suite conquis par l'amusante bête.

Les enfants partis, Mylène se replonge dans la lecture de « L'oiseau bariolé » de Jersy Kosinski. Ce roman terrifiant raconte les mésaventures d'un très jeune enfant abandonné pendant la guerre. Elle retiendra de ce livre, outre la méchanceté diabolique des gens, cette réflexion sur la solitude : « Nos émotions, nos souvenirs et nos sens, nous isolent des autres aussi sûrement que le rideau des roseaux sépare un fleuve de sa berge. Pareils aux cimes neigeuses des montagnes, trop hautes pour passer inaperçues, trop basses pour atteindre le ciel, nous nous regardons les uns les autres, par-delà d'infranchissables vallées ».

Malgré l'intérêt du roman, Mylène est distraite. Elle est inconfortable. Un malaise l'habite. Ce n'est que son ombre qui est là, allongée sur une grande serviette bleue. Seul le chien est réel. Il est vrai, lui. Il jappe après les écureuils, se roule dans l'herbe en grognant et se tasse parfois sur Mylène malgré la chaleur accablante.

Mais elle, Mylène, n'est pas là. Elle est absente, ou bien fait-elle semblant d'être ?

Comment peut-on exister, pense-t-elle, quand on se sent aussi seule, abandonnée, vidée, vidée, vidée ? Un vide immense occupe toute la place. Un vide trop grand. Trop dense. Elle n'a plus d'espace dans son propre corps.

Mylène panique. Elle se lève et prend un peu d'eau. Elle inspire profondément. Elle manque d'air. Des larmes perlent sur ses joues. Non. Non. Il ne faut pas qu'elle pleure. Une autre gorgée d'eau. Elle s'asperge le visage et le cou. Ouf! Quelle chaleur torride.

Bien qu'à peine vingt minutes se soient écoulées depuis son arrivée à la montagne, Mylène veut rentrer. Chez elle, elle sera peut-être mieux. Pourtant, il y a une heure à peine, elle crevait dans sa maison.

Mais où aller pour tromper la solitude? Où qu'elle aille, sa douleur la suivra. Au moins chez elle pourra-t-elle pleurer tout son soûl...

Mylène appelle le chien qui obéit tout de suite. Elle lui remet sa laisse de tous les jours. Elle place la bouteille d'eau dans le panier et abandonne les pommes sur la table. Ça pourra toujours servir.

Parmi les passants, elle ne voit que des couples et des familles. Quand elle croise une femme avec deux petites filles et un chien, le sourire de Mylène tourne au rictus. Cela lui ressemble ou plutôt ressemble tellement à ce qu'elle a été.

Souvent le dimanche, elle partait avec les filles afin de permettre à leur père de travailler en paix. Comme tout cela lui semble dérisoire aujourd'hui. Elle aurait donc envie — si elle osait — de dire à cette femme qui a pourtant l'air heureuse avec ses enfants — peut-être pas les siens — de ne pas tout prendre sur ses épaules et de partager les responsabilités avec son conjoint. D'obliger s'il le fallait le compagnon à s'impliquer, de ne pas jouer la superfemme capable d'amour, de dévouement, d'oubli de soi. De ne pas vouloir à tout prix être la mère parfaite, l'amante irréprochable, la femme de carrière sans failles, la femme énergique, passionnée et passionnante!

C'est vrai que Mylène était bien avec les enfants : elle partageait avec elles une telle complicité. Elle souhaitait que son compagnon profite d'heures de solitude pour poursuivre son œuvre, œuvre en laquelle Mylène croyait profondément. Elle lui reconnaissait un talent fou. Finalement, rien ne l'obligeait à tant de sollicitude ; pourtant elle a l'impression qu'on a profité d'elle. Maintenant que les enfants n'ont plus besoin d'une bonne à tout faire, monsieur reprend sa liberté, sacre la blonde et les enfants là pour voguer vers un amour tout neuf, sans entraves aucunes.

Heureusement, un écureuil se met sur le chemin de Capucine ; cette diversion détend l'atmosphère ! Mylène n'a pas trop de son bras libre pour retenir le chien prêt à grimper aux arbres. Rien n'enrage plus Capucine qu'un écureuil effronté.

L'automobile est un véritable four. Ouf ! Ça va être cuisant en ville ! Même si la montagne du Mont-Royal est située au cœur de la ville, quand on y grimpe on a l'impression d'arriver à la campagne.

Épuisée, presque anéantie par le manque de sommeil et les pensées noires qui se bousculent à un rythme frénétique dans sa tête, le cœur chaviré, Mylène reprend le chemin Camillien-Houde pour aboutir rue Mont-Royal. Malgré la chaleur, les gens déambulent nombreux dans la rue. On sent un ralentissement général du mouvement. Il fait tellement chaud qu'on ne se presse pour rien.

Au coin de la rue St-Hubert, les gens se promènent cornet de crème glacée dégoulinant en main. Un marchand de glace y a pignon sur rue. Il encaisse. Quelques terrasses aménagées pratiquement dans la rue macèrent des clients affaissés. Mylène arrêterait bien pour siroter un jus ou pour déguster une glace aux framboises — elle adore les framboises — mais depuis qu'elle est seule, elle a l'impression d'avoir perdu jusqu'à son statut. Si on la voit seule, on devinera qu'on vient de la plaquer là, qu'elle n'est plus rien, qu'elle n'est pas digne d'amour. Hier, elle était la compagne de, la mère de, la cheffe de famille, et aujourd'hui, plus rien. Elle est seule. D'une solitude à apprivoiser. D'une solitude à assumer. D'une solitude qui pour l'instant l'anéantit totalement. En perdant son homme et sa famille, Mylène est privée de statut social. Et ça aussi, ça fait partie de sa nouvelle vie.

Mylène n'a jamais vraiment détesté la solitude ; elle l'a très peu connue. Comme bien des gens, elle croit qu'on est toujours seul. Mais le devenir, c'est autre chose...

Bien qu'on vive à deux ou à plusieurs, il est vrai qu'on demeure foncièrement seul. Mais après le travail, quelle différence d'avoir quelqu'un à qui on peut parler, avec qui on peut échanger. On a un complice dans la vie !

Voilà ce qu'elle a perdu Mylène. Beaucoup plus qu'un amoureux, elle pleure un complice. Quelqu'un à qui il ne fallait pas tout expliquer. Quelqu'un qui savait. Quelqu'un qui la connaissait. Et le croyait-elle — et veut-elle le croire encore — quelqu'un qui l'aimait. Quelqu'un qui lui confiait des secrets. Des gros secrets qu'encore aujourd'hui elle respecte et respectera encore demain, elle le sait. Les secrets de Pierre, c'est tout ce qui lui reste de leur vie de couple.

Soudainement encore plus seule, Mylène sent le besoin d'être plus aimable avec son chien. Elle caresse la bête qui ferme les yeux de plaisir. Tiens ! Si on allait se promener au parc Lafontaine ! Un petit détour et on y est.

Mylène stationne rue Rachel près de Chambord. Capucine bondit sur le trottoir. La rue traversée, elle est heureuse de retrouver un espace gazonné.

Près du Jardin des Merveilles, il y a une clôture grillagée qui permet de voir à l'intérieur du jardin zoologique. Mylène y entraîne Capucine. Mais le chien détourne la tête, feint le désintéressement. Capucine agit comme si elle ne voyait rien. Car elle ne veut rien voir. Rien entendre. Les poneys, les ânes, les chèvres, Capucine les ignore. C'est pas aujourd'hui, avec une telle chaleur, qu'elle dépensera son énergie à japper après ces bêtes. Capucine entraîne plutôt sa maîtresse vers l'étang où s'ébrouent les canards. Ça, c'est beaucoup plus amusant pour elle !

Encore une côte à monter sur le chemin du retour et Mylène et son chien se retrouvent rue Rachel près de la voiture.

Soudain, Mylène fige sur place. Devant elle, à sa droite, sur un banc, Pierre et Jacinthe. L'ont-ils vue ? Sans doute. Cependant, Pierre ne s'est pas gêné pour embrasser sa nouvelle devant l'ex !

Mylène reste sidérée. Impossible de rebrousser chemin. Sans mourir sur place, sans leur bondir au visage pour leur arracher les yeux, elle passe devant eux sans sourciller. Muette, blanche, éteinte, elle entend derrière elle :

— Aïe ! Tu pourrais dire bonjour au monde !

Pierre a ricané méchamment ou nerveusement.

Il a ri dans son dos. Il caresse l'autre, l'embrasse. Elle n'est plus rien. Dix ans de vie partagée, il faut croire que ça s'oublie facilement sur un banc du parc Lafontaine.

Mylène ne marche plus. Elle court. Ou peut-être reste-t-elle pendant quelques secondes paralysée sur place ? Le chien n'a rien compris. Capucine se serait bien attardée.

Mylène prend le chien dans ses bras pour traverser la rue. Une voiture a failli les frapper. L'automobiliste a freiné juste à temps et l'a invectivée généreusement. Mylène n'entend strictement rien. Elle est plus morte que vivante et ce n'est pas un cliché.

Assise dans l'automobile, elle s'accroche au volant et fond en larmes. L'écœurant. L'inhumain. Comment peut-il être si méchant s'il est si heureux ?

Blanche de rage et de douleur, elle insère la clé et démarre la voiture. Un sursaut de conscience l'oblige à voir dans le rétroviseur un cycliste qu'elle évite de justesse. Elle tourne à droite sur de La Roche. N'a plus de salive. Elle pense mourir. Sur Mont-Royal, elle tourne vers l'est. Elle ralentit, aveuglée par ses larmes.

Mylène, livide, grimpe les marches qui la mènent chez elle. Elle verrouille les portes. Ouvre la radio au plus fort et pousse un cri atroce ! Elle martèle le mur du corridor avec ses poings, elle cogne sa tête contre cette immuable frontière, et de ses ongles arrache quelques fragments de peinture.

Des éclats de bois se sont insérés sous ses ongles et la douleur la sort un peu de sa folie. Ses doigts saignent. Mylène va à la salle de bain et nettoie ses blessures. L'eau coule à flots. Au-dessus du lavabo, un fleuve de larmes l'emporte.

Exténuée, elle s'écroule par terre. Le plancher est tout de même frais. Elle pleure plus doucement. Capucine venue lui lécher le visage l'attendrit. Cette marque redouble ses pleurs. Malgré la chaleur écrasante, Capucine se pelotonne contre Mylène qui passe son bras autour du cou du chien et essaie de respirer normalement. Il faut qu'elle se calme. Il le faut.

Pendant quelques secondes, Mylène est absente. Perd-elle connaissance ou dort-elle ? Elle ne le saura jamais.

Sortie de sa torpeur, elle se souvient. Etendue par terre, elle revoit la scène du parc Lafontaine.

Elle a mal, si mal.

Une envie de vomir s'empare d'elle. Mais c'est faux. Ou vrai. Elle ne sait plus. C'est au cœur qu'elle a mal. Mylène en ce moment souhaite ardemment mourir. Apprendre qu'elle couve un cancer, être sûre que tout à l'heure elle ne vivra plus. Plutôt la mort qu'une vie pareille !

En perdant Pierre, elle a tout perdu. C'est lui qu'elle aimait. C'est avec lui qu'elle était bien. C'est avec lui qu'elle présumait vieillir. Sans lui, plus d'avenir possible.

Ensemble, quand les enfants seraient élevées, ils devaient partir vivre ailleurs, voyager et écrire. Sa tâche de « mère » achevée, Mylène aurait enfin du temps pour elle. Et Pierre, reconnaissant, lui a maintes fois juré qu'ils vieilliraient ensemble. Et même si un jour elle partait, il n'y aurait jamais d'autres femmes dans sa vie ; ça aussi il l'avait juré. Il l'aimait tellement que jamais il ne pourrait aimer autant. Avec tant de souvenirs communs, c'était impensable de recommencer avec quelqu'un d'autre.

* * *

Mylène a rampé jusqu'au lit. Elle soliloque. Elle parle à Pierre. Ne sait plus si elle l'aime toujours ou si c'est la rage, le dépit, la jalousie, la possessivité, la douleur, la haine, qui suscitent ses paroles.

Elle se rappelle leur intimité, la facilité qu'ils avaient à négocier la vie, évoque leur coup de foudre et la vie à deux qui avait suivi instantanément. Le premier souper. La première nuit. Le premier réveil. Cet amour si fort.

Et si tout cela n'avait été qu'un rêve, si cet amour-là, c'est elle seule qui l'avait vécu, si Pierre n'avait jamais été amoureux d'elle, si c'était une bonne à tout faire qu'il cherchait ? Si en plus elle baisait convenablement, gagnait un bon salaire et lui prodiguait quelques conseils adroits pour la poursuite de sa carrière, cela n'était pas à dédaigner ! Si cet amour n'avait été que le fruit de son imagination ? Après tout, pourquoi l'aurait-il aimée, elle ? Qu'elle se regarde dans le miroir. Non, Mylène en est persuadée maintenant, elle ne peut pas plaire. Avec ses yeux bouffis, les larmes qui ravagent son visage, ses jeans trop serrés et sa taille épaissie, son chandail d'un gris tout ce qu'il y a de plus déprimant, comment peut-elle espérer plaire ?

— Tiens ! Tu vois où ça mène le manque de coquetterie...

Non. Il n'y a plus d'avenir pour elle. Personne ne peut l'aimer. Et son besoin insatiable d'être aimée trahit sûrement un manque d'estime personnelle. C'est maladif. Si elle ne s'aime pas assez, comment peut-elle espérer que les autres l'aiment ? Elle se leurre si elle croit qu'elle est digne d'amour. Peut-être aussi fait-elle très mal l'amour ? Même si Pierre lui répétait qu'elle était une amoureuse extraordinaire, ça ne veut plus dire grand chose maintenant.

Pierre ne lui a-t-il pas dit et redit son amour et il est parti ?

Jacinthe est beaucoup mieux. Pour elle, il l'a laissée et a même « sacrifié » ses enfants. Il recommence à neuf. Il repart à zéro.

Mylène pleure encore. Elle repense aux enfants. À ses enfants. À ses enfants qu'on lui a enlevées. À sa vie qu'on a détruite. À son cœur qu'on a piétiné. À ses sentiments qu'on a transformés en charpies.

Trop c'est trop.

Brusquement Mylène se lève. Allongée depuis un moment, elle a eu tout le temps d'examiner sa vie et sa chambre. La solution, la voilà. Une bonne corde passée au-dessus de cette porte lui servira de potence. Finie Mylène. Merde à Pierre.

— J'espère au moins qu'il va avoir des remords et qu'il ne pourra jamais être heureux...

Cherchant une corde dans le garde-manger, Mylène éclate de rire. Lui, souffrir à cause d'elle ? Ben voyons, la psychologue et magnifique fée Jacinthe sera là pour le réconforter, pour lui rappeler que Mylène était une névrotique, une somatique, et tous les autres « iques » possibles ! Non, il sera plutôt content d'être enfin débarrassé.

— Tant pis, je lui procurerai aussi ce dernier bonheur, songe-t-elle, désabusée.

La corde jaune qui tient lieu de laisse à Capucine fera bien l'affaire. Mylène soupèse cette corde qui lui accordera la liberté tant souhaitée. Des larmes roulent à nouveau sur ses joues. Elle regarde la bête couchée sur le fauteuil du salon malgré l'interdit. Une dernière caresse. À travers ses larmes, un dernier sourire.

La chaise de son bureau avec ses roulettes sera parfaite pour l'exécution. Elle montera dessus, glissera la tête dans le licou puis poussera la chaise avec ses pieds.

En pensant à sa mort, Mylène a cessé de pleurer. Qui la retrouvera ? Qu'est-ce qu'on fera de Capucine ? Qui héritera de son logement ? Tout cela n'a vraiment plus d'importance.

Retrouvant ses sanglots, Mylène fait un grand signe de la croix, demande pardon à Dieu et à ses parents et approche la chaise de la porte. Elle enlève ses sandales. Mylène a l'impression d'être devenue de cire. Elle n'a plus de salive. Sa chair est de papier. Elle réussit un nœud coulant appris chez les Guides. Qui lui aurait dit que sa badge de « faiseuse de nœuds » lui servirait à de si noirs desseins !

Le nœud a l'air correct. La corde glisse bien. C'est parfait, solide, impeccable.

Mylène prend une grande respiration et ferme les yeux. En desserrant un peu plus la corde, elle pourra facilement introduire sa tête dans la boucle. Elle a chaud, très chaud. Les cheveux lui collent dans le cou. Puis elle ne ressent plus rien. Elle dégage son cou comme elle l'a vu faire au cinéma. Un flash : elle est Cordélia !

Le téléphone sonne.

Pas question de se laisser distraire. Sa décision est prise. Elle ne veut plus vivre. Elle ne peut plus vivre. Ne reste plus qu'à enfiler la corde. Elle se frappe la tête sur le coin de la porte.

L'embrasure a bougé. Cette douleur la réveille. La sonnerie du téléphone n'a pas cessé.

— Merde, j'suis pas là, j'suis plus là.

Pour personne.

Mylène essaie à nouveau de mettre sa tête dans le licou et pousse la chaise à roulettes qui va cogner contre le lit. Malgré elle, elle se retient à la porte qui claque, fait glisser la corde, se coince les doigts déjà meurtris et tombe par terre.

La sonnerie retentit toujours, insistante.

— Et si c'était Pierre qui avait changé d'idée...

Au beau milieu de sa douleur, de ses larmes et de ses éraflures, enjambant le désordre de sa chambre, Mylène se précipite vers le téléphone. Ce n'est pas Pierre. Elle se ressaisit. C'est sa mère qui l'appelle.

Mylène devine que sa mère s'inquiète à son sujet.

— Es-tu sûre que ça va, ma grande ?

— Oui, oui. Ne t'inquiète pas. Je me suis cogné les doigts en posant un tableau...

Un silence suit la phrase. Sa mère n'est pas dupe. Elle connaît trop bien sa fille pour ignorer le poids de sa douleur.

— Si le cœur t'en dit, tu peux venir faire un tour ce soir. Arlette et Clothilde seront là. Tu peux arriver plus tôt, tu souperas avec nous. Tu sais, Capucine est aussi la bienvenue !

Mylène poursuit la conversation du mieux qu'elle peut pour feindre la bonne humeur.

— O.K. Ça me tente. Mais j'irai après le souper. De bonne heure, vers 19 heures.

Mylène repose le combiné et s'écroule. Encore une fois. Au milieu de ses pleurs, elle implore sa mère. Elle regarde la corde ballante et la chaise. Sa douleur l'étouffe. Tout en essayant d'éponger ses larmes, Mylène réalise que sa mère vient de lui sauver la vie après la lui avoir donnée il y a près de quarante ans.

Alors seulement, Mylène réalise qu'elle ne doit pas mourir.

Ses parents, ses frères ou ses sœurs, pourraient avoir besoin d'elle. Et elle aime beaucoup tous ces gens. On ne peut pas mourir comme ça pour rien, sans donner un sens à cette mort.

Tiens ! Tant qu'à mourir, elle ferait mieux de s'immoler sur la place publique afin de protester contre la course aux armes nucléaires ou encore pour attirer l'attention du public sur l'importance de la loi 101 ou les problèmes écologiques.

Et puis le pire — et c'est cela qui la sort de sa léthargie — son testament n'est pas corrigé. Si elle mourait aujourd'hui, tous ses biens iraient à Pierre, y compris ses assurances personnelles.

— Maudite marde. Quelle gaffe j'allais faire là !

* * *

La fin de l'après-midi s'est passée à réviser et à corriger le fameux testament. Le voilà bel et bien déshérité, le cher Pierre.

À cause de son état de santé qu'elle croit précaire, Mylène veut prendre toutes les dispositions qui s'imposent. Dès son retour au bureau, elle se rendra au service du personnel pour modifier le nom du bénéficiaire sur tous les papiers d'assurances.

Mylène a trouvé un certain réconfort à faire ainsi l'étalage de ses biens et à choisir ses héritiers. À qui le logement ? L'auto ? Le piano ? Le chien ?

Elle s'amuse à identifier ses avoirs. Il serait plus simple de partager à parts égales ou de laisser ceux qui lui survivront faire la distribution, mais elle préfère s'amuser un peu.

L'exercice a duré jusqu'au souper. Les larmes ont souvent interrompu son travail, mais Mylène est relativement montrable. Un bon bain, dans lequel elle macère trois quarts d'heure dans une mousse de magnolia, la délasse. Non, Mylène ne mourra pas aujourd'hui. La corde a été remise à sa place et la chaise à roulettes à la sienne devant le bureau.

Avant de partir pour aller chez ses parents, Mylène commence à rédiger une lettre à Nicole, une amie. À peine a-t-elle écrit un paragraphe qu'elle devine que cet exercice sera très salutaire. Formuler avec des mots son état d'âme concrétisera en quelque sorte son chagrin. Sa douleur portera un nom et ses colères aussi. Elle réussira peut-être à y voir un peu plus clair. Traduire en mots la réalité la situera dans le temps et dans l'espace.

Mylène n'a été pensionnaire avec Nicole que dix mois, mais c'est au fil des années que leur amitié s'est développée. Une amitié empreinte de sincérité, de simplicité, de connivence.

Quelques phrases seulement jetées sur le papier et Mylène se sent déjà mieux. Elle poursuit la lettre pour Nicole. Tout à coup elle réalise qu'elle n'est pas seule. À quelques rues, il y a sa famille. À portée de lettre, Nicole. Juste le fait de prendre conscience de cela la fait pleurer. (Décidément, cette journée va lui coûter une petite fortune en papiers-mouchoirs !) Elle pleure presque en silence. Son chagrin se transforme en une musique à peine perceptible. Comme elle aimerait que quelqu'un la serre fortement dans ses bras et la laisse s'épancher tendrement. Ce qu'elle donnerait pour qu'on la berce.

Les quelques lignes qu'elle a écrites lui redonnent du courage beaucoup plus qu'elle ne l'aurait cru.

— Il faut que je m'en sorte, marmonne-t-elle.

Son estomac se tord. On dirait une boule au centre de son être. Mais elle ne veut pas prendre le temps de s'y arrêter.

Mylène décide de laisser là l'écriture et de se préparer pour aller chez ses parents.

Elle descend les escaliers. Elle ira à pied. Une bonne marche ne pourra que lui être bénéfique. Pendant ce temps, Capucine s'est installée confortablement dans son fauteuil préféré et rêve probablement aux écureuils !

La soirée a été très agréable. Mylène réalise que toute sa famille devine son désarroi. Mais personne ne la plaint à outrance ou démolit Pierre devant elle. Pour l'instant, c'est important. Elle ne se sent pas capable de voir salir celui qu'elle a aimé pendant dix ans... celui qu'elle aime encore... et qu'elle est bien capable de noircir seule ! Un jour, cela lui fera peut-être du bien d'admettre que son ex était plein de défauts, mais pour l'instant, elle le pleure. Et c'est elle aussi qu'elle pleure. C'est leur couple. Leur famille. Leur vie à deux. Leur vie à quatre. Mylène porte le deuil.

Deux jours plus tard, Nicole recevra une lettre qui la fera pleurer. Le soir même, elle appellera de son lointain Natashquan pour assurer Mylène de sa profonde amitié. N'importe quand, elle peut lui téléphoner. Et sa maison lui est toute grande ouverte.

Les pages adressées à sa copine essayaient de dire les choses de façon toute simple. La surprise de l'événement, la stupeur, la douleur, l'abandon, le chemin parcouru et surtout la route devant elle, libre, si libre. Elle disait aussi l'étouffement, le désarroi, l'angoisse en dedans, la mort dans l'âme et dans le corps. Et cette impression, cette sensation de n'être plus. L'échec. Les interrogations. La vie à repenser. L'amour à étouffer. L'urgence d'apprendre à nouveau à vivre seule. L'urgence d'émerger du cercle infernal de la douleur. L'urgence de comprendre. Mais surtout l'urgence d'accepter.

Et elle n'accepte pas facilement, Mylène. Elle croit que son salut passe par la compréhension, point par point, de son échec amoureux. Tant qu'elle ne saura pas pourquoi Pierre a tant changé à son égard, elle ne revivra pas. Mylène a besoin de comprendre. La lettre à Nicole est un premier pas pour rassembler les morceaux éparpillés de son être.

* * *

Quatre semaines de vacances à « faire semblant » de vivre.

Mylène tente d'abord de partir en voyage, mais se ravise au dernier moment, faute de courage. Le courage de partir seule, de confier le chien en pension, d'affronter le spectacle des belles petites familles, des couples amoureux, des gens qui s'embrassent, qui se parlent, qui partagent des opinions, bref, qui ne sont pas seuls.

En sérieuse convalescence, Mylène passe au lit la majeure partie de ses vacances. Oh! Toute seule. Trop seule. Elle essaie de récupérer. Mais une douleur aussi féroce ne disparaît pas en une bonne nuit de sommeil.

Mylène constate que des rides sont apparues au coin de ses yeux presque toujours humides. Elle rage en pensant que c'est à cause de « lui » qu'elle vieillit si vite.

Elle est sans nouvelles des enfants depuis plus d'un mois. Elle imagine que Marie-Eve et Myriam réapprennent à vivre avec leur mère. Malgré la douleur d'avoir perdu les deux enfants, Mylène a confiance. Elles seront heureuses avec Diane, leur mère. Celle-ci n'est pas la femme que Pierre lui avait décrite il y a dix ans. Il avait juré que jamais sa femme ne reprendrait les enfants, même s'il mourait. C'était inscrit dans son testament. La réalité est différente depuis que Jacinthe est arrivée dans sa vie.

C'est aujourd'hui que Mylène réalise à quel point Diane a dû souffrir lorsque Pierre l'a quittée après quelques années de mariage. Elle s'était retrouvée seule, comme Mylène, mais en plus avec deux filles perturbées par le départ de leur père. Un an et demi après la séparation, elle avait demandé à Pierre de prendre les enfants. Diane avait décidé de refaire sa vie. Et comme Pierre vivait avec une compagne bien compréhensive et déjà attachée aux enfants, tout s'arrangeait pour le mieux. Diane, libre. Pierre, presque libre. Seule Mylène l'était beaucoup moins. Mais elle était heureuse de faire cela pour Pierre. Heureuse de vivre désormais avec Marie-Eve et Myriam. Pierre vasectomisé ne pouvant plus faire d'enfant, ces deux-là « toutes faites » venaient en quelque sorte combler ses désirs — inconscients — de maternité.

Quand Mylène avait rencontré Pierre, il s'était beaucoup plaint de l'incompréhension de sa femme à son endroit. Mylène se dit qu'à présent, Pierre raconte probablement une histoire semblable à Jacinthe. Comme il était malheureux avec elle ; s'il n'était pas parti, il se serait suicidé. Le même scénario se répète ! Mais enfin, la « femme de ses rêves » est là en chair et en os. Elle le dérobe au suicide. Elle, l'égérie du brillant écrivain, vient à son secours. Une ère nouvelle s'ouvre pour le couple béni. Rien n'a plus d'importance. Enfants, ex-femme, ex-concubine, alouette, seule importe la sacro-sainte liberté. La liberté d'être avec une autre, la vraie cette fois-ci, la bonne.

Ce qui compte, c'est de se débarrasser de tout ce qui constitue, de près ou de loin, une enclave au bonheur du nouveau couple et repartir à zéro. Pierre réussirait tout ça, et plus encore.

Il inviterait la nouvelle blonde au chalet familial et même dans le lit conjugal. Quand on aime, on n'a pas à penser aux autres qu'on laisse derrière soi et qui ont la stupidité de nous aimer encore. Si cela la « frustrait », la pauvre Mylène, elle n'avait qu'à disparaître, se bander les yeux, déménager, se suicider, s'évaporer, partir en voyage quelque part au Tibet.

Pierre avait choisi de vivre un nouvel amour et rien ni personne ne pouvaient l'en empêcher.

Mylène, qui avait cru un instant que Pierre lui reviendrait après quelques semaines de batifolage, doit maintenant se rendre à l'évidence. Pierre est bel et bien parti et pas question qu'il revienne. Désormais, sa vie, ses intérêts, sa passion, sa raison même de vivre, sont ailleurs. Loin d'elle.

En songeant au retour au travail, Mylène fait un effort pour ne pas paniquer. Pour elle, la véritable épreuve commence en ce début du mois d'août. Ses collègues de travail, son entourage, tous savent qu'elle était la compagne de Pierre. C'est depuis bien des années une chose entendue. Mylène et Pierre forment un couple. Un couple solide. Un couple qu'on citait en exemple pour démentir les affolantes statistiques de non-durabilité des couples modernes. Eux, ils n'étaient pas comme les autres. Eux, ça durait depuis bientôt dix ans ! Et les enfants de Pierre, les enfants de l'autre, étaient devenues les filles de Mylène. Même qu'on disait qu'elles lui ressemblaient. Bref, ils formaient une belle petite famille comme il est réconfortant parfois d'en croiser.

En cette dernière soirée de vacances, Mylène est assise sur la galerie et essaie, mais en vain, de se concentrer sur le bouquin qu'elle tient à la main et qu'elle ne parvient pas à terminer. Elle lit un paragraphe, ferme le livre, et serait bien en peine d'en résumer le contenu.

En face, des gens de tous les âges s'affairent dans le jardin communautaire. Ces espaces verts aménagés au cœur de la ville constituent des poumons pour l'environnement. Ces carrés de terre humanisent la grisaille et l'asphalte des rues. Mylène est contente qu'un jardin comme celui-là ait poussé juste devant sa demeure. Grâce à cet espace, Mylène a pu vivre ses vacances en ville. Elle aurait mal supporté la vue d'un autre édifice avec des gens assis comme elle sur un balcon, à se regarder les uns les autres.

Bien que Mylène ait passé la majeure partie de ses vacances à « Balconville », elle a séjourné quelques jours dans les Laurentides. Cela lui a fait du bien. Piscine, lecture, bons repas. Mais Mylène se sentait incomplète. Tellement habituée d'être la partie d'un tout : la compagne de, la blonde de, la femme de, la mère de, qu'elle se sent comme dénudée, démunie. Elle a l'impression de ne plus exister, de manquer d'identité, d'être sans attaches, d'être seule, seule, seule. Et elle l'est. Et c'est ça qu'elle devra assumer demain au bureau. Elle n'est plus le membre d'une cellule familiale. Elle n'est plus la composante d'un couple. Elle est une.

De retour au bureau, Mylène a raconté ses vacances comme tout le monde.

Aux quelques jours passés dans les Laurentides, elle en a ajouté quelques autres, histoire d'en faire un séjour respectable de deux semaines. À l'incursion timide à l'île d'Orléans, elle a donné l'allure d'une longue incursion dans le beau comté de Charlevoix. (Comme dirait un de ses frères : « Mylène souffre d'inflation verbale ! ») À sa solitude maudite, elle a ajouté son ex-chum et les enfants. Elle n'y peut rien. Il est encore trop tôt pour tout déballer. Mylène ne veut pas faire pitié et répondre aux regards étonnés ou incrédules.

Heureusement, Françoise est là pour raconter ses excursions sur le lac Champlain. Nathalie n'est pas encore rentrée : son avion a eu du retard ! Quant à Luc, il n'a pas trouvé le San Francisco dont il rêvait.

À l'heure du midi, Mylène accepte de se joindre à Janette. Celle-ci a passé ses vacances cloisonnée au chalet et envie Mylène d'avoir pu s'aérer un peu.

Tandis que Janette commande un quart de rouge pour se remonter le moral, Mylène demande un Perrier.

Mais le Perrier ne tient pas ses promesses.

À la fin du repas, Mylène a toutes les peines du monde à se contenir. Lorsque Janette raconte à sa compagne que sa vie de couple vacille, contrairement à la sienne, croit-elle, Mylène éclate. Oh ! Bien discrètement. Blanche comme un drap, elle déballe enfin son sac devant quelqu'un.

Quand Janette lui offre un troisième Kleenex, Mylène est soulagée et contente d'avoir pu enfin partager son étranglant secret.

— C'est fou, mais au fond, j'aimerais mieux que tout le monde le sache déjà. Que ce soit clair. Je ne veux plus être perçue comme la blonde de Pierre. Je ne le suis plus. Il est avec une autre. Je ne veux pas que les gens pensent que je suis bien quand je suis en train de mourir !

Elle se sent tellement mal dans sa peau, Mylène, qu'elle se promènerait avec un chandail portant l'inscription : FRAGILE. Elle est fragile. Elle a besoin que les gens le sachent. Elle sait, elle sent qu'il faut qu'on la ménage. Orgueil ou non, c'est une question de survie. Elle marche comme dans une bulle de verre, isolée du reste du monde par son trop gros chagrin. Elle erre, absente du monde.

Janette sait. C'est bien. Les autres ne tarderont pas à être au courant. Très bientôt, le plus tôt possible, espère-t-elle. Si elle ne risquait pas qu'on la traite de folle, elle publierait une petite annonce dans le journal interne pour avertir tout le monde qu'elle n'est plus la compagne de Pierre. Que tous l'apprennent. Qu'on le sache afin que jamais, plus jamais, on ne l'interpelle ainsi :

— Puis, comment va l'écrivain ?

La journée a fini par finir. Janette a eu sa copine à l'œil et a tenté de la dérider un peu.

Mylène n'a pu s'empêcher de constater que Janette a changé de ton lorsqu'elle a parlé à son mari tantôt au téléphone. Elle a maintenant peur de perdre son homme. Janette vient d'apprendre que personne n'est à l'abri des mauvaises surprises... et que même si son Jean-Pierre a bien des défauts, sa présence est préférable à la solitude !

Et dans l'état où elle se trouve, Mylène n'est pas loin de penser la même chose : avoir un homme à tout prix et peu importent les conditions, plutôt que de se retrouver seule.

Les jours qui suivent, même s'ils sont pénibles, lui apportent du réconfort. L'amitié qu'on lui témoigne et l'affection dont on l'entoure s'avèrent bénéfiques. On l'invite à dîner. Pour l'instant, Mylène refuse. Elle ne se sent pas capable de dévoiler à chacun les méandres du drame qu'elle vit.

Son entourage s'inquiète de sa santé. Va-t-elle tenir le coup ? Ne devrait-elle pas consulter un médecin ? Ou entreprendre une thérapie avec un psychologue ?

Mais en cette période de l'année où on déborde de boulot, Mylène n'a même pas le temps de penser à ses « questionnements existentiels ». Une seule chose compte pour l'instant : survivre. Passer au travers. Emerger. Et si Mylène lutte si désespérément contre les sentiments morbides qui l'assaillent, c'est qu'elle se sent incapable d'aller plus creux. Déjà, elle a pensé au suicide. Jamais plus elle ne veut flirter avec la mort.

Dans l'état où elle est, elle ne peut que stopper la descente. Aller plus bas l'anéantirait.

Elle ne serait plus un être vivant.

* * *

Sylvie a eu bien du mal à rejoindre Mylène au téléphone. Et pour cause, elle a changé de numéro. Pierre a conservé l'ancien; vu son statut d'écrivain-en-voie-de-devenir-célèbre, des gens importants pourraient vouloir communiquer avec lui.

Sylvie a trouvé étrange que Pierre lui donne un autre numéro. Elle a pensé que Mylène s'était fait installer un appareil dans son bureau avec un numéro privé. Le ton de Pierre était si naturel que Sylvie n'avait pu deviner le drame de son amie.

Quand Mylène raconte brièvement, avec émotion et douleur, ce qu'elle a vécu depuis la fin de juin, Sylvie sent une boule se former dans sa gorge et n'est pas loin de pleurer avec son amie.

Il ne faut surtout pas que Mylène s'isole. Sylvie s'occupera d'elle.

Il y a un an et demi, Sylvie a vécu elle aussi une séparation. Mylène n'est plus seule. Sylvie est là.

L'agenda de Sylvie est très chargé. Elles pourront se voir dans deux semaines, un lundi soir. Après le travail, elles iront manger ensemble.

Mylène encercle en vert la précieuse date dans son agenda. Depuis trois mois, ses soirées sont très libres. Autrefois, elle devait se presser de rentrer à la maison, car on l'y attendait pour le souper, c'est-à-dire les trois quarts du temps pour qu'elle le prépare ce fameux repas.

Rituellement, une des filles appelait au bureau vers quatre heures de l'après-midi pour poser la sempiternelle mais combien rassurante question :

— Qu'est-ce qu'on mange ce soir ?

C'était devenu une coutume, une habitude, presque une formalité, à tel point que Mylène les appelait elle-même à quatre heures 30 si elles n'avaient pas téléphoné. Cela la choquait chaque fois, mais en même temps, elle était contente de voir qu'on l'attendait. Elle était utile. Aujourd'hui, tout est bien différent. Personne n'a plus besoin d'elle.

Aussi, depuis le départ de Pierre, Mylène se nourrit-elle de façon frugale. Elle entre à la fruiterie Val-Mont, achète du fromage, le plus souvent du cheddar dont Capucine raffole, du raisin, du yogourt et parfois un bon pain croûté. Et si la soirée s'annonce moche ou, au contraire, si on diffuse un bon film à Radio-Québec, elle ajoute un sac de croustilles.

Depuis sa séparation, Mylène n'a pas fait de vraie commande d'épicerie. Elle achète à la pièce. Elle se voit très mal entrer au Métro et demander un quart de livre de steak haché ! Dans l'état où elle se trouve, elle s'imagine que le boucher lui ferait des yeux ronds en lui demandant pourquoi elle n'achète plus le rosbif habituel. Rendue à la caisse, elle croirait son panier bien vide à côté de ceux des « familles ». Elle se sentirait trop mal à l'aise. Et que penseraient les caissières ?

Pourtant, le jour où elle acceptera sa nouvelle condition, ces menus détails deviendront vraiment insignifiants. Un jour, espère-t-elle, elle rira bien de tout cela.

Mais pour l'instant, ces petites choses de la vie demeurent des préoccupations journalières liées à sa survie. À son apprentissage d'une vie différente.

Elle imagine que les autres la voient comme elle se perçoit, c'est-à-dire comme une personne dont nul ne veut, comme une femme qu'on rejette, comme une mal-aimée, une incomprise, une laissée pour compte.

L'idée d'une sortie avec Sylvie lui plaît. D'ici deux semaines, elle sera peut-être capable de marcher comme tout le monde. Depuis quelque temps, elle a l'impression de ramper sur l'asphalte comme pour s'y engouffrer, s'y enterrer.

Mylène a bien du chemin à parcourir. Ce chemin passe sans l'ombre d'un doute par l'estime d'elle-même.

* * *

Presque à reculons, Mylène a accepté l'invitation de Vincent, cet ami du « couple » qui, depuis sa séparation d'avec Pierre, s'est rapproché d'elle. Pour lui, l'amitié est un des biens les plus précieux, et il sait que Mylène en a un impérieux besoin. À moins qu'il ne soit délégué par Pierre... juste pour lui tirer les vers du nez !

Graphiste, Vincent travaille dans la même boîte que Mylène. Il y a deux ans, il a obtenu un certain succès ; une de ses sculptures a été choisie pour représenter le Québec dans différentes expositions à travers le monde. Il a eu droit à des articles élogieux dans plusieurs journaux et revues d'art.

De neuf à cinq, il travaille en publicité. Le soir, chez lui, il dessine des plans, ou le plus souvent, passe la soirée à son atelier de la rue Masson. Il retrouve alors son âme d'artiste et manipule les matériaux jusque tard dans la nuit. Sa femme se plaint parfois de ses absences, mais un enfant issu de leur union adoucit sa solitude. Elle se console à l'idée qu'elle a épousé un artiste. Après tout, s'il réussit, c'est un peu grâce à elle, et elle en profitera un jour.

Le port de Montréal paraît à Mylène sous un jour nouveau. Pourtant, elle le connaît par cœur le port. Petite, son père l'y emmenait souvent. C'était avant que le Vieux-Montréal ne devienne l'attraction des touristes. Elle se rappelle les wagons sur les voies ferrées avec plein de pigeons autour ; elle se souvient des bateaux, nombreux. Dans ce temps-là, il y avait beaucoup d'activité dans le port. Elle conserve aussi le souvenir du petit musée de Marguerite Bourgeoys, de l'église avec ses bateaux miniatures et des vertiges qu'elle éprouvait en montant les escaliers de la tourelle extérieure de l'église Bonsecours.

À midi, peut-être à cause de ce deux-mâts accosté au quai, ou peut-être à cause de son cœur qui bat la chamade, Mylène a l'impression de fouler un sol étranger.

La lumière qui danse sur l'eau et qui colore le paysage lui semble neuve. Les yeux très bleus de son compagnon semblent photographier la scène, s'en imprégner, la boire. Mylène se dit qu'elle ne doit pas savoir regarder. Certes, elle jouit de la beauté des lieux, mais Vincent, lui, s'abreuve littéralement à cette luminosité qui dessine des itinéraires sur les voiles. Elle songe que cette ondée de lumière qui invente des arabesques se retrouvera sur un tableau ou sur une sculpture. La magie du moment la surprend à trouver Vincent très beau. Quels yeux magnifiques il a ! Cet homme qu'elle connaît depuis des années, soudain devient un individu et non plus le membre d'un couple ami.

Au cours du dîner, Vincent a provoqué les confidences. Il savait en invitant Mylène qu'il ne vivrait pas la partie de plaisir de sa vie ! Il estime Pierre et devine que Mylène étouffe de douleur tant elle a changé ces derniers mois. Il se sent en quelque sorte pris entre deux feux, entre deux amis qu'il apprécie. Mais pour l'instant, c'est Mylène qui évolue près de lui et c'est elle qu'il a envie de secourir. Lui, Pierre, il a sa nouvelle compagne et est entièrement gobé par cette relation nouvelle.

Titillant la laitue avec sa fourchette et en y goûtant du bout des lèvres, d'une voix monocorde qui s'affaiblit à la narration de certains passages, Mylène confie à Vincent sa difficulté à vivre ce misérable présent qui n'en finit plus de l'alanguir. Elle sait — du moins elle veut le croire — que le temps cicatrise les déchirures.

D'un geste qui paraît à Mylène une suprême caresse, la marque d'une tendresse qu'elle découvre soudain, Vincent pose sa main sur la sienne. Les yeux vers elle, il murmure :

— Pauvre toi, tu passes un bien mauvais moment...

Cette première caresse, ce premier contact physique avec un homme autre que Pierre, la bouleverse. Elle pleure. Oh ! Bien doucement. Bien silencieusement. À peine une plainte. Mylène pleure intérieurement. Elle ouvre la bouche comme pour respirer, car la mort — c'est cela qu'elle éprouve — l'habite. Mais lueur d'espoir, quelqu'un plonge jusqu'à sa douleur.

En voie de confidence et surtout de confiance, sensible à cette marque d'affection, Mylène va plus loin et raconte qu'à son âge — bientôt quarante ans — il n'est pas facile de rencontrer des hommes intéressants. De surcroît, elle confesse à mi-mots, qu'elle n'a pas pour autant perdu le goût des hommes...

— Si ça continue, je vais passer une petite annonce dans La Presse du samedi !

Vincent rétorque sur le même ton :

— Ça ne sera pas nécessaire.

Mylène ne repensera à cette phrase que beaucoup plus tard. Etait-ce un message ? Une invite ? Pour l'instant, fragile au cube, Mylène ne peut s'imaginer qu'un homme comme Vincent s'intéresse à elle.

C'est à regret qu'ils quittent « Le petit espace » où ils viennent de passer de précieux instants. Mylène s'en trouve moins morte.

Jamais Vincent ne réalisera à quel point une simple marque d'affection, comme celle d'avoir posé sa main sur celle de Mylène, a servi de bouée de sauvetage à son amie. Elle est venue à un moment crucial et deviendra le point de démarrage d'une renaissance.

Mylène se ramassera. Cela lui apparaît désormais « faisable ». Elle ne crèvera pas. Elle reconstituera le « puzzle » de son être, morceau par morceau.

De retour au bureau où le téléphone ne dérougit pas, Mylène a l'impression de n'être plus la même. Elle a perdu Pierre, son grand amour, mais elle a un ami. Quelqu'un qui l'a regardée non avec pitié mais avec tendresse. Cet après-midi, elle veut le croire, elle doit le croire de tout son être. Sa main porte encore la chaleur de la caresse de Vincent.

Grâce à ce geste, Mylène a recommencé à vivre. Consciente de sa vulnérabilité et de l'ampleur démesurée que prend cette simple marque de sympathie, tout compte fait assez anodine, Mylène ne veut retenir qu'une chose de son dîner avec Vincent : elle n'est plus seule, elle a un ami. Quelqu'un qui connaît son état d'âme, qui sait tout de sa souffrance. Un homme qui a eu pour elle égards et attentions. Elle existe pour lui. C'est par lui qu'elle revivra après trois longs mois de réclusion.

Mylène sait qu'en finissant de travailler, il lui faudra se sentir en vie, bouger. Elle arrêtera à la maison le temps de prendre son chien et ils iront courir à la montagne.

Chemin faisant, Mylène achète une demi-bouteille de vin blanc.

À 21 heures, des larmes se mêlent au vin. Elle les laisse couler librement. Ces larmes-là sont bonnes. Certes, elle pense à Pierre, mais aussi à Vincent. Quand elle réalise que Vincent est marié et que leur amitié ne doit demeurer qu'à ce stade, elle devient songeuse. Passionnée, elle aime aimer. Elle décide de ne pas laisser son imagination prendre le dessus. Ça lui jouerait de vilains tours. C'est par amitié seulement que Vincent l'a invitée.

Les larmes cessent. Mylène réalise à quel point elle éprouve le besoin d'aimer et d'être aimée. Finalement, le verre et la bouteille presque vide sont abandonnés sur la table du salon.

Après avoir longuement brossé ses cheveux, Mylène se recroqueville dans son lit.

Capucine se blottit à ses pieds, et comme sa maîtresse ne dit rien, elle se risque jusqu'à l'oreiller inoccupé. Mylène la caresse doucement. Le chien soupire d'aise.

* * *

Sylvie a donné rendez-vous à Mylène chez Prego, rue Saint-Laurent, un peu au nord de la rue Laurier.

À 19 heures, Mylène entre. Sylvie, déjà attablée, a commandé un Kir. La célèbre boisson du chanoine symboliserait bientôt le nouveau célibat de Mylène ! Sylvie « s'adonne » à cet apéritif depuis quelque temps déjà, et Mylène ne tardera pas à l'adopter. Dès son entrée au restaurant italien nouvelle cuisine, Mylène est tout de suite ravie par le décor et surtout par la gentillesse des garçons de table. On la reçoit comme si on avait deviné qu'elle deviendrait une habituée de la place et une fervente propagandiste de ce restaurant.

Après les accolades d'usage, intenses mais brèves, Mylène commande elle aussi un Kir. Depuis plusieurs mois, les deux camarades ne se sont pas vues. Chacune a été prise avec sa vie. Voilà que le vent a tourné. Sylvie, presque remise de son chagrin d'amour, souhaite aider son amie à sortir de son marasme émotionnel ! Elle l'a d'ailleurs reçue comme on accueille quelqu'un qui vient de perdre un être cher. Avec affection. Et avec une certaine gêne, toujours présente lorsqu'il est question de malheurs.

En quelques phrases, Mylène résume son nouvel état. Elle aurait tout aussi bien pu se taire. Sylvie comprend rapidement. Les émotions ont terni l'habituelle spontanéité de Mylène. Les rides marquent désormais le visage jadis éclatant et étrangement lisse. Cela vaut bien des confidences.

Le Kir aidant, Mylène crâne. Elle en est déjà au chapitre « Vincent ». Elle confie qu'elle a un nouvel ami, quelqu'un qui s'intéresse à elle.

Sylvie connaît les ficelles du jeu. Elle laisse aller son amie.

— Ce qui compte Mylène, c'est que ça te fasse du bien. S'il t'invite à nouveau, vas-y !

Sylvie comprend que Vincent est déjà précieux pour l'amie assoiffée de vie... Comme si la vie d'une femme ne prenait de sens que dans la mesure où un homme y est présent !

Pendant toute la soirée, Mylène oscille d'une émotion à l'autre. Tantôt elle contient à peine ses larmes en parlant de Pierre, et peu après, juste à évoquer le nom de Vincent, elle revit. Tout à coup, le silence s'installe. L'angoisse l'habite à nouveau. Elle prend alors une grande respiration, puis une gorgée de vin et la folie des projets atténue sa détresse. Elle doit écrire des livres, proposer des articles, renouer des contacts, voyager, connaître le monde et surtout apprivoiser son « moi » enseveli sous dix ans de vie partagée.

Par moments, un certain inconfort surgit entre les deux copines. On parle alors du repas. Le carpaccio con sala verde se révèle une heureuse découverte. Le saumon grillé est d'une délicatesse à ravir les palais les plus fins. Le serveur leur a proposé une excellente bouteille de blanc. Pendant quelques instants, leur attention se porte sur l'étrange tableau qui trône à la droite de l'entrée ; celui d'une plantureuse dame dont les dentelles débordent le cadre.

On en vient au cinéma. Le chapitre « littérature » sera évacué pour quelque temps encore. La littérature, c'est le domaine de Pierre. En évoquant les livres des autres auteurs, le nom de Pierre ne manquerait pas de surgir. Les conversations des semaines à venir seront davantage consacrées au cinéma international.

Sylvie a travaillé pour le Festival des films du monde, à la fin d'août. En plus de pouvoir conseiller à Mylène les vrais bons films à voir absolument, elle lui raconte quelques anecdotes « hors concours » ! Des histoires de coups de foudre, d'aventures sans lendemain — qui avec qui — de liaisons amorcées et même de beaux mâles irrésistibles qu'on a découverts, à regret, « pédés » ! Sylvie manie l'humour avec bonheur, pour le plus grand ravissement de Mylène.

L'ambiance agréable du souper est quelque peu atténuée par le passage à leur table de la directrice des communications d'une station de télévision qui s'est vivement intéressée à l'œuvre de Pierre. Elle parle avec volubilité et conviction. Les mots lui sortent de la bouche comme d'un moulin à paroles. Etourdissant. Quand elle prend congé enfin, elle demande à Mylène comment se porte son adorable Pierre. (Evidemment, en voyant Mylène, on pense à Pierre !) Mylène lui réplique comme au sortir d'un coma :

— Très bien, merci !

— Maudit que je me déteste dans ce temps-là. Pourquoi je ne lui ai pas dit tout simplement que je ne vivais plus avec lui. Chaque fois que les gens me voient, ils me parlent de lui. Ça me tue.

Mylène respire bruyamment. La joie a soudain disparu. Ses mains tremblent un peu.

Sylvie la touche du bout des doigts.

— Désole-toi pas. Tu verras. Le temps arrange bien des choses. C'est le seul remède. Le temps. Tu vas voir.

Mylène, venue en taxi pour pouvoir boire à son goût, refuse que Sylvie la reconduise. Elle préfère marcher.

Le temps fleure bon. Octobre a des relents d'été. Mylène marche avec plaisir. Elle descend la rue Saint-Laurent, fait un arrêt devant une boutique spécialisée dans la fabrication et la vente de néons. Peut-être l'oiseau rose de la vitrine conviendrait-il bien dans son salon ou dans sa chambre ?

Elle prend le temps de s'asseoir quelques minutes sur un banc, dans le petit parc à l'angle du boulevard Saint-Joseph. Un groupe de jeunes hommes se rapproche un peu trop près.

— Ayez pas peur, madame. On vient juste fumer un joint. En voulez-vous ?

Elle fait non de la tête en souriant et se lève. D'un pas rapide, elle s'engage sur le boulevard en direction est. Elle est rassurée. Des gars qui fument un joint dans un parc, c'est presque sympathique ; cela lui rappelle sa jeunesse.

En même temps, elle réfléchit au fait que, vivant désormais seule, elle devient plus prudente. Personne ne l'attend et elle n'attend personne. Elle refuse de céder à la peur. Elle est capable de se prendre en main, capable de s'occuper d'elle, après s'être tant occupée des autres.

Ce soir-là, Mylène réalise qu'elle peut se suffire. Cela est bon. Elle arpente le boulevard d'un pas décidé, la tête bien haute. Il lui semble qu'elle marche plus droit que d'habitude. Mylène conclut qu'elle est en train de grandir.

Des forces inconnues se réveillent. Une sensation qui tient de l'autonomie et de l'amour de soi. Comme elle atteint la rue Papineau, elle décrète que désormais, chaque fois qu'elle passera devant un miroir, elle se sourira.

À peine a-t-elle introduit la clé dans la serrure de la porte que son chien réclame sa promenade rituelle. Mylène prend sa laisse, le siffle, et fait le tour du bloc à la plus grande satisfaction de la bête.

Mylène plane. Des ailes viennent de lui pousser.

De retour chez elle, Mylène court jusqu'au répondeur téléphonique dont elle a fait l'acquisition cet après-midi. Sylvie en possède un depuis de nombreuses années et prétend que c'est le meilleur moyen de s'absenter l'esprit en paix. Si les « chums » appellent, ils laissent un message. Avec la commande à distance, Mylène peut même en être informée au cours de la soirée.

A-t-elle un message ? Un message de lui ? De Vincent ?

Tiens ! Le voyant vert clignote, indiquant que la merveilleuse machine renferme au moins un message. Le premier la fait sursauter. Pierre demande de le rappeler. Deuxième message : sa sœur qui veut prendre de ses nouvelles.

Mylène est un peu triste. Elle a tellement parlé de Vincent ce soir. Rien n'aurait été plus naturel qu'un message enflammé de sa part !

Le message de Pierre l'agace. Que veut-il ? De l'argent ? Une information quelconque ?

— Merde ! dit-elle tout haut, pourquoi vient-il me déranger ? J'essaie de m'en sortir, qu'il me laisse au moins la paix. Qu'il s'efface, qu'il disparaisse de ma vie pour toujours.

Mylène, encore sensible à la brûlure de leur rupture, a besoin de temps, de beaucoup de temps. Pierre ne comprend-il pas ? Cet homme qui a été si près d'elle la connaît donc si peu ? Pour lui, tout est bel et bien réglé. Ils ne sont plus amants, n'est-il pas normal qu'ils demeurent amis ? Mylène ne l'entend pas ainsi. Trop écorchée, elle est incapable d'amitié avec celui qui fut l'amant, le compagnon, le conjoint. Sa seule défense, c'est de ne plus le voir, l'ignorer, l'effacer de sa vie. Mais pourquoi ne l'aide-t-il pas à faire ce douloureux passage ?

* * *

À 9h30 le lendemain matin, le téléphone sonne au bureau de Mylène. Elle est un peu fatiguée mais bien satisfaite de sa soirée avec Sylvie. Un deuxième café la remettra d'aplomb. Elle décroche. Lorsqu'elle reconnaît la voix de Pierre, elle pâlit. Décidée à ne pas le rappeler, elle croyait pouvoir éviter l'inutile confrontation. À l'autre bout du fil, Pierre semble surpris de ne pas entendre une Mylène enjouée.

— Écoute, j'ai pensé qu'on pourrait peut-être aller souper ensemble cette semaine. J'aimerais ça te parler du roman sur lequel je travaille, tu sais, celui que tu avais commencé à corriger...

Mylène éloigne le récepteur de son oreille. Elle voudrait crier. Elle entend la maudite petite voix langoureuse et mielleuse de celui qui connaît mieux que personne le pouvoir des mots bien choisis.

— ...C'est pas parce qu'on ne vit plus ensemble qu'on doit sacrifier notre amitié. Ce qu'on a vécu ensemble, Mylène, personne ne peut nous l'enlever. Et puis, j'ai été très heureux avec toi. Pour moi, tu demeures une amie très précieuse.

Elle prend une grande respiration. Sa main tremble. Elle va éclater. Non. Trop, c'est trop. Elle approche l'appareil de sa bouche et, d'une voix monocorde, oubliant toutes ses luttes pour un Québec français, répond :

— Fuck you !

Puis contrastant avec la violence de sa réplique, elle repose calmement le combiné.

Elle qui se croyait presque guérie de sa maladie d'amour a de la difficulté à se remettre de ses émotions.

Mylène a l'impression de saliver du venin. Sa réaction la choque, l'humilie, lui fait prendre conscience de la place trop importante de Pierre dans sa vie.

Après tout, Pierre a peut-être raison. Ils ont été heureux ensemble. Un coup de cœur comme celui qui les avait foudroyés, ça ne court pas les rues. Mais Mylène n'a pas dépassé le stade de la rancœur. La conduite de Pierre la rend malade. Il agit comme si tout était rentré dans l'ordre, comme si tout était redevenu « normal ». Il en aime une autre avant même que Mylène n'ait pu encaisser le choc de la séparation, avant même qu'elle ait digéré d'avoir perdu les enfants. Hop ! Elle devrait tout accepter avec un grain de sel.

Pierre l'a quittée depuis plusieurs semaines déjà. Mylène a peine à y croire. Peut-être Pierre ne l'a-t-il jamais aimée, mais utilisée ? Mylène s'efforce de dissiper ces sombres pensées. Oui, ils ont été heureux. Oui, elle l'a aimé et elle l'aime encore. Il est parti. Mais ce qu'ils ont vécu ensemble leur appartient. Personne ne peut rien contre ça. Il faut qu'elle se rende à l'évidence : aucun règlement ne stipule que l'amour doit être réciproque. Et l'amour n'est pas une assurance contre l'abandon. Mylène le comprendra avec le temps.

Un soir qu'elle rumine encore sa rancœur — pour essayer de comprendre, justifie-t-elle ! — elle pige au hasard quelques-unes des très belles lettres de Pierre. Le besoin de replonger dans le passé témoigne de sa solitude mais aussi d'un certain masochisme !

Chaque mot tendre accentue sa douleur. Elle souffre. Elle pleure d'abord doucement, puis avec rage. Soudain, elle se surprend à rire. Rire de se voir assise par terre, le chien couché sur les missives, avec une boîte de Kleenex roses qui se vide à un rythme pas du tout économique ! Le rire est court. Si elle se relève et continue à vivre ce soir-là, c'est qu'une force surnaturelle l'habite. Un peu plus et elle croirait à la force des prières que sa mère et son père récitent à son intention tous les soirs !

Cette nuit-là, Mylène fait un rêve où, drapée dans un fleurdelisé, elle harangue Pierre-Elliot Trudeau et dénonce Alliance-Québec. Pour compléter la scène, elle incendie son drapeau et se consume sans douleur sous les applaudissements de la foule.

Elle imagine alors le jour de la libération du Québec sans penser deux secondes que ce fameux pays, symboliquement, c'est peut-être sa vie, son cœur, son âme, son identité retrouvée. Elle, enfin redécouverte, enfin libérée, enfin adulte.

Cette nuit-là, c'est elle qui est au balcon et crie « Vive le Québec libre ! »

Au réveil, Mylène explique son rêve en apercevant le drapeau du Québec qui couvre un mur de sa chambre et en se rappelant un tableau de Claude Alleyn qu'elle a failli acheter l'après-midi-même, intitulé « Le jour de la libération ».

* * *

DEUXIÈME PARTIE

Vingt-trois heures. Mylène dort. Pourtant, elle jurerait que ce n'est pas le téléphone qui l'a tirée du sommeil ! Qu'importe. Vincent l'invite à visiter son atelier demain à l'heure du lunch. Il apportera de quoi casser la croûte.

Excitée par cette invitation et maintenant complètement réveillée, Mylène se lève et se prépare un sandwich aux tomates-mayonnaise. Elle accompagne ce « festin » d'un grand verre de lait, savourant son plaisir gourmand et songeant avec fébrilité à la rencontre prévue avec Vincent.

Elle déborde de tendresse. L'excitation d'un premier rendez-vous lui rappelle son adolescence. Elle se sourit. En même temps, pourquoi cette gêne ? Pourquoi cette peur, presque cette angoisse qui lui noue les viscères ? Mylène a mal au ventre.

Son malaise est nourri de timidité, de désir et d'un certain stress. Elle a si lamentablement échoué avec Pierre, qu'est-ce qu'un autre peut bien faire avec elle ?

Elle se regarde dans le miroir. Ses années de « conquête » sont révolues. Il lui reste l'amitié. Pour Vincent, elle peut devenir une précieuse amie. Pas plus. Juste une amie.

Ce soir-là, Mylène se rendort très tard. Non sans avoir eu le temps de se convaincre que l'amitié vaut bien l'amour. Mais pareil sentiment est-il vraiment possible entre un homme et une femme ?

Elle décrète qu'il peut exister à la condition que l'homme ne soit pas physiquement attiré par la femme... et vice versa. Vincent ne le sera pas, c'est sûr! Lui, un esthète, comment pourrait-il vibrer au corps plus qu'imparfait de Mylène? Quant à elle, elle ne se risquerait pas à faire les premiers pas... paralysée par les échecs précédents.

Lorsque le jour se lève, elle a rêvé qu'elle participait à l'émission « Parler pour parler » pour expliquer à Janette Bertrand et à Violette, comment, elle qui avait tant aimé passionnément les hommes, en était venue à préférer l'amitié à l'amour. Oui, la beauté de l'amitié. Finie la sexualité. Finie la sensualité. Vive l'amitié!

Quand elle arrive au bureau, Mylène est tellement fatiguée qu'elle a presque envie d'appeler Vincent et de remettre le rendez-vous à un autre jour.

« Tu sais, j'ai tellement pensé à toi cette nuit, ça m'énerve tellement de me retrouver seule avec un homme, que je suis complètement épuisée. J'ai dépensé toute mon énergie à te deviner... »

Heureusement, le téléphone sonne. Un journaliste en colère braille qu'on lui a caché un fait important. Mylène a besoin de toute sa diplomatie pour amadouer l'interlocuteur. L'avant-midi passe si rapidement qu'elle en oublie sa fatigue et son rêve.

À midi sonnant, Vincent est à son bureau et l'aide à enfiler son imperméable. Sur un ton qui se veut badin, Mylène lui avoue son insomnie. Comme s'il en avait été complice, il rétorque :

— Je n'ai pas très bien dormi non plus...

En traversant le stationnement pour rejoindre la petite Renault grise de Vincent, Mylène a la nette impression que tout le monde les regarde. Pourtant, plusieurs fois par semaine, elle va dîner à l'extérieur avec des camarades de travail sans avoir l'impression qu'on surveille ses allées et venues.

Dix minutes se sont écoulées depuis leur arrivée au studio et déjà, Vincent lui a presque dispensé un cours complet d'histoire de l'art. Soudain conscient que sa verve galopante cache un malaise, il regarde Mylène et pouffe de rire. Cet éclat s'avère libérateur pour tous les deux. Mylène en profite pour retirer son manteau qu'elle accroche à la patère. Elle fait quelques pas à travers l'atelier.

Celui-ci est vaste et bien éclairé. Plein d'odeurs y traînent que Mylène essaie d'identifier. Acrylique, colle, décapant. (De quoi être « stone » 24 heures par jour! pense-t-elle.) Par un immense puits de lumière, le soleil d'automne pleut en rayons ocre.

— À ce temps-ci de l'année, explique un Vincent ravi de l'intérêt de son invitée, la luminosité change de jour en jour. Tantôt le soleil inonde d'une lumière presque blanche. Plus tard, cette lumière capte les teintes des feuilles mortes ou même celles de la terre.

Sur une grande table, des pièces de bois semblent attendre, résignées, le bon vouloir du maître. Elles patientent, sachant que bientôt la main de l'artiste les palpera, les choisira puis les caressera pour les briser ou les casser, pour leur donner vie. Elles émergeront enfin de leur inertie.

Un peu plus loin, devant l'immense fenêtre qui ouvre sur la rue Masson, trône une pièce de marbre de Carrare que l'artiste a commencé à éplucher.

Mylène caresse la statue avec un plaisir évident. C'est froid et en même temps très doux, lisse. Quand elle réalise que ses attouchements ont quelque chose de sensuel, elle tambourine des doigts sur la surface et se sent obligée de demander des explications sur l'éventail des outils utilisés. Burins, marteaux, maillets, ciseaux, lui sont présentés tour à tour. S'ensuit une tirade sur le marbre et les nobles métaux : l'or, l'argent, le bronze.

Le coin cuisine a été aménagé avec goût. En un tour de main, Vincent met la table : un pain croûté, du jambon Forêt noire, de la moutarde de Dijon, un Camembert, une belle grappe de raisin bleu et une bouteille d'eau Perrier.

— Je ne bois jamais de vin le midi, mais si tu en veux, j'ai une petite réserve.

Mylène décline l'offre. Elle aussi préfère s'abstenir d'alcool le midi. C'est une habitude qui lui permet de terminer honorablement ses journées lorsqu'elle doit dîner avec des journalistes.

Ils s'attablent. La conversation devient plus facile au fur et à mesure qu'avance le repas. Ils se racontent leur jeunesse respective, y trouvent certains points communs. Même s'il vient de la campagne et elle de la ville, ils ont partagé les mêmes passions : Emile Zola à seize ans, Léo Ferré à vingt et les chansonniers québécois à la fin des années soixante. Ils découvrent en s'esclaffant qu'ils ont dû assister au même récital de Claude Léveillée, à la Butte à Matthieu de Val-David, un certain samedi soir de juillet 1961 !

Mais leur découverte la plus importante réside dans une sensibilité commune. À fleur de peau.

Comme le repas s'étire en douceur, Mylène lui avoue qu'elle apprécie ces moments paisibles, après tant de turbulences...

Sans s'être consultés, ils jettent un coup d'œil à leur montre. Déjà 14 heures. Il faut songer à rentrer au bercail. Ils ont largement dépassé le temps normalement alloué à la pause-midi.

Mais cette journée doit porter une incitation à l'école buissonnière puisque Mylène ne semble pas surprise lorsque Vincent lui propose de faire l'amour plutôt que de rentrer sagement au bureau...

Elle se dirige vers la salle de bain, invite Vincent à prendre une douche avec elle. Mylène n'a pas fait l'amour depuis que Pierre l'a quittée. Pendant dix ans, elle n'a eu qu'un seul homme dans sa vie. Tremblante, elle éprouve une envie irrésistible de faire l'amour, de se sentir vivre. De revivre. De renouer avec les gestes de la vie.

Pour Mylène, plus rien ne compte que ce contact maintenant possible et tant désiré. S'il le faut, elle avortera, aura des quintuplés ou se suicidera. Une seule chose importe : être là maintenant avec lui.

Après la douche au cours de laquelle ils se découvrent avec une certaine pudeur, Vincent étend un drap propre sur le lit qui occupe un coin de l'atelier. Mylène a l'impression étrange de « pleurer par en dedans », tant l'émotion est intense. Elle se blottit dans ses bras. S'y pelotonne pour être enveloppée et protégée. Il caresse doucement ses épaules nues.

Ils font l'amour presque sans passion, avec la maladresse touchante des néophytes. La magie du désir qui sue à travers toutes les pores de la peau n'a visiblement pas agi. Trop de gêne, trop de sentiments contradictoires habitent peut-être Mylène.

L'absence de passion la suprend, la rend mal à l'aise. Dieu sait qu'elle a rêvé et désiré ce moment. Elle a l'impression que Vincent a fait l'amour à son corps, pas à elle. Elle s'est sentie comme exclue de cette communion. Son corps a frémi, mais Mylène est demeurée inatteignable, hors de toute fusion. Peut-être ne pourra-t-elle plus jamais trouver le plaisir avec un autre homme ? Comme si, blessé trop profondément, son corps lui refusait toute douceur.

Ils restent un peu au lit. Mylène prie Vincent de la serrer très fort. Dans ses bras, elle sent fondre sa résistance ; les larmes coulent abondantes et chaudes. La tendresse l'envahit.

Elle vit là le plus bel instant de cette première rencontre.

* * *

Mylène ne parle à personne de cette aventure. Sans doute sera-t-elle sans lendemain. Mieux vaut la taire. Vincent est l'époux d'une femme brillante et le père d'une charmante fillette. Il n'a pas besoin de Mylène pour venir compliquer sa situation « en or » : une femme pour la stabilité, et des maîtresses pour l'inspiration et le plaisir. Séduisant, il bénéficie sûrement d'une cour assidue autour de lui. Qu'est-ce que Mylène ferait dans ce décor ? Prendre un numéro et attendre son tour ?

Après cette brève rencontre, les jours se teintent de toutes les humeurs possibles. Le lendemain, Mylène plane. Elle est contente, presque heureuse. Au plaisir d'« avoir quelqu'un » s'associe pourtant la crainte de le perdre. Elle n'a passé que quelques heures avec Vincent et sent bien qu'elle pourrait s'y attacher très fort. Elle l'aime à la folie, puis la minute d'après, le déteste de lui avoir ouvert les portes d'un univers où jamais elle ne pourra pénétrer : son monde à lui.

Cinq jours passent avant que le téléphone ne lui ramène la voix de Vincent. Il l'appelle d'un dépanneur de son quartier.

— Tu sais, j'ai très envie de te voir. Est-ce que je pourrais passer chez toi demain soir ?

Mylène ne peut rester calme et jouer à l'indifférente comme elle se l'était juré. Sa voix trahit son émotion. Oui, elle veut revoir Vincent. Oui, elle le désire.

Oui, elle dit non à la prudence !

Par toutes les pores de sa peau, Mylène recommence à sentir fleurir la vie.

Elle prend de grandes respirations et profite avec gourmandise du moment présent. Ce soir, elle se prépare à la venue de son amant. Elle veut une maison à son image. Elle sait que désormais, son logement lui ressemblera de plus en plus. Seule dans sa demeure, il n'y aura plus qu'elle pour influencer le décor. Elle regarde les fenêtres qui donnent sur le parc et prend la résolution de les garnir. La semaine prochaine, elle ira Au Rêve de Morphée, rue Saint-Denis, et au milieu d'une panoplie de dentelles, choisira le motif qui lui plaira le plus.

Après la journée passée en flèche, Mylène fait une halte à la fruiterie. Elle s'y procure du fromage, du raisin, du pain croûté et achète même quelques croissants... au cas où !

Elle a à peine grignoté une petite salade avec un œuf à la coque que Vincent sonne à la porte. Il apporte une bouteille d'Asti Spumante et une gerbe de marguerites blanches et jaunes.

Mylène est émue de recevoir des fleurs. Autrefois, Pierre lui en achetait parfois et c'était toujours un ravissement renouvelé que de recevoir un bouquet.

Vincent met la bouteille au congélateur avec deux flûtes à champagne.

Elle lui propose de choisir la musique. Préfère-t-il Ferré ou Stravinsky ? Vincent choisit un vieux Léveillée. Il ne fait pas le tour de la maison comme Mylène l'eut souhaité. Discret, il ne jette qu'un furtif coup d'œil à la chambre. Il s'attarde un moment à la bibliothèque bien garnie et y découvre une série de livres sur les peintres. Il en feuillette quelques-uns.

Vincent et Mylène s'affalent sur le futon dans le salon, les flûtes à leurs côtés. Ils trinquent en se regardant dans les yeux. Mylène, encore très maladroite, est tout de même plus à l'aise que la première fois. Vincent revient. C'est donc qu'elle lui plaît.

Ils parlent longuement de ce qu'ils ont fait pendant cette semaine qui les a séparés. Vincent parle d'une nouvelle sculpture sur laquelle il travaille avec acharnement. Il éprouve quelque difficulté à dépouiller de sa carcasse l'âme qui loge dans cette pièce de bois.

— En principe, ce soir je suis à mon atelier...

Mylène pense à cette femme demeurée à la maison avec leur fille, pendant que son artiste de mari « travaille ». Elle trouve cela injuste et est contente de ne pas la connaître vraiment, ne l'ayant rencontrée qu'à deux reprises. Elle évite ainsi de se culpabiliser davantage.

De femme trompée à maîtresse, Mylène vit l'envers de la médaille. Vincent est comme Pierre, un tricheur.

Elle s'interdit d'avoir des pensées tristes. Vincent est là. Elle a juste le goût d'être bien, de profiter pleinement de toutes les minutes de bonheur que la vie peut encore lui réserver. Finie la nostalgie. Seul compte le présent. Et le présent, ce soir dans cet appartement du Plateau Mont-Royal, il ressemble à Vincent. Il a une tête blonde et des lunettes un peu sévères. Ses yeux rappellent un ciel sans nuage. Il a des mains très fines qu'il glissera dans les siennes.

Ils se retrouvent avec grand plaisir. Mylène découvre amoureusement le corps de son bel ami. Elle savoure des plages de peau en appréciant le satiné. Là, à l'intérieur de la cuisse, c'est si soyeux, si chaud. Cette oreille qu'elle mordille, qu'elle est tendre et fragile sous ses dents. La prochaine fois, elle explorera les pieds de Vincent. Il a des pieds d'une beauté remarquable. Les orteils forment un arc régulier et le talon est doux au toucher.

Vers 23 heures, Vincent doit partir. Il a promis à sa femme de ne pas rentrer tard.

C'est à regret qu'ils quittent le confort du lit et la chaleur de leurs corps. Vincent se rend à la salle de bain pendant que Mylène, complètement ébouriffée, se drape dans une robe de chambre en ratine. Vincent vérifie son allure dans le miroir. Rien ne paraît. Il reviendra chez lui tel qu'il en était parti. Avec tous ses morceaux !

En lui murmurant un pâle « au revoir », il franchit le pas de la porte. L'air frais de novembre s'engouffre dans le hall et Mylène resserre sur elle les pans de son vêtement. Elle le regarde s'éloigner à travers la vitre biseautée. Déjà, elle le désire. Commence l'attente.

Puis Mylène retrouve les draps froissés et déroule « le film » dans sa tête. Elle remémore chaque caresse, chaque parole. Vincent parle peu quand ils font l'amour. C'est elle la grande bavarde !

En se lovant dans un bain de mousse où elle se prélasse une vingtaine de minutes, Mylène réalise qu'elle n'attend rien de cet homme, sinon des moments privilégiés. Comme des cadeaux.

Le mot « amour » n'effleure même pas ses pensées. Il est un ami avec qui elle souhaite faire souvent l'amour. Un amant, quoi !

Aucun rendez-vous n'a été fixé. Pas de promesses. Pas de serments. Juste une communion dans le plaisir, pour le plaisir. Pour leur contentement personnel et mutuel. Une jouissance, un délice, une friandise partagée. Une délectation qu'ils s'offriront le plus souvent possible.

Quant aux croissants prévus pour le petit-déjeuner, ils ne serviront pas de sitôt !

* * *

Cette fois-ci, c'est au « Citron-Lime », rue Saint-Denis face au Rideau-Vert, que Sylvie et Mylène ont rendez-vous.

Depuis le souper chez Prego, la relation de Mylène avec Vincent a évolué. Elle l'a vu une bonne dizaine de fois, et cette amitié naissante s'est rapidement transformée. Aujourd'hui, Mylène serait bien en peine de dire s'il s'agit d'amitié ou...

Sylvie paraît surprise des confidences de son amie. Quoi ? Avoir une liaison avec quelqu'un, sans savoir s'il reviendra ? Ne pouvoir lui parler que de neuf à cinq ? Ne pas partager les mille petits riens de la vie ? Mais elle est insensée ! Pourquoi n'exige-t-elle pas qu'il choisisse entre sa femme et elle ?

Mylène s'esclaffe.

— Jamais. C'est trop extraordinaire comme ça. Je ne rêve pas du tout du quotidien.

Mylène explique à Sylvie qu'elle vit avec Vincent les plus précieux moments d'une relation de couple. Elle a vécu le quotidien et la petite vie de famille avec Pierre. Maintenant, ce qui lui importe, c'est une relation humaine, même imparfaite. Son sculpteur d'amant la comble.

Ses propos choquent sa copine pourtant si compréhensive d'habitude. Entretenir une relation avec un homme marié n'ayant nullement l'intention de quitter sa femme, c'est complètement masochiste. Comme si elle devinait ses pensées, Mylène poursuit :

— Tu sais, je ne suis pas sûre de souhaiter vivre avec lui. Je ne connais pas ses défauts. Ses petites manies d'artiste, pour l'instant, elles m'amusent. Mais qui sait si elles ne finiraient pas par me tomber royalement sur les nerfs ? Et surtout, as-tu songé que je ne pourrais jamais avoir confiance en lui ? Imagine ! Quand il me dirait qu'il travaille à son atelier, je m'en poserais des questions !

Un grand rire libère les deux amies.

Sylvie trouve la situation foncièrement triste. Elle conseille à Mylène la lecture de quelques volumes qui lui permettront de mieux comprendre la vie et de se prendre en main pour ne plus être « victime des mâles ».

Tout d'abord, elle doit lire « Les femmes qui aiment trop », grâce auquel elle comprendra que dans sa relation avec son ex, c'est sans doute elle qui a eu tort. L'auteure explique pourquoi les femmes aiment des hommes qui ne les aiment pas.

Ensuite, elle lira « Le complexe de Cendrillon » qui raconte que les femmes attendent trop des hommes. Elles s'imaginent que leur prince charmant va les sortir de leur marasme émotif et les enlever sur son cheval blanc.

« Côté cœur, c'est pas le pied » lui fera partager la complainte des femmes sur la non-existence d'hommes à leur mesure. Elle y retrouvera l'histoire de la « superwoman » qui recherche le « superman » !

Elle doit aussi lire « Belles, intelligentes et seules... » et « Le complexe de Samson et Dalila » qui lui expliqueront la peur secrète qu'ont les hommes des femmes, sans oublier « Ces hommes qui ne communiquent pas » qui lui enseignerait possiblement pourquoi Vincent communique davantage avec ses mains qu'avec les mots !

Sylvie, en deux temps trois mouvements, résume ainsi la situation de son amie :

— Tu as tort d'aimer un homme marié, cela ne te mènera à rien. Tu devrais fréquenter des endroits pour rencontrer des hommes intéressants. Lis ces livres. Ça va t'aider.

— Et quoi encore, marmonne Mylène. Les complexes de l'abeille trompée ou le syndrome de Jeanne d'Arc travestie ?

Mylène aurait aimé se trouver drôle, mais au contraire, ce discours la rend perplexe.

Elle a fait assez d'efforts pour ne pas couler, pour ne pas sombrer dans une nuit sans lumière. Elle trouve injuste qu'on l'accable ainsi. Vincent est arrivé dans sa vie avec deux bras en forme de bouée de sauvetage, c'est vrai, mais elle a travaillé sur elle pour survivre au départ de son compagnon et des enfants.

Dans son for intérieur, Mylène sait qu'elle a parcouru du chemin, qu'elle a grandi.

Elle ne fait rien pour rencontrer un homme libre parce qu'elle n'en ressent pas le besoin. La situation actuelle lui convient. Sans doute son « aventure » avec Vincent ne durera-t-elle que quelques mois au plus. Mais Mylène n'attend rien des autres. Pour l'instant.

Désormais, son bonheur, c'est en elle qu'elle le trouvera.

Mylène grandit. Elle veut croître par en dedans. Elle feuillettera bien les livres suggérés par son amie, mais ne s'en nourrira point.

Ecœurée qu'on dicte aux femmes leur conduite, qu'on les tienne responsables de leur malheur et de celui de leur famille, elle a l'impression que les femmes se font la guerre en rédigeant de tels ouvrages.

Comme si sempiternellement, en filles d'Eve, nous étions responsables de tous les péchés du monde. Comme si les pauvres mâles étaient notre responsabilité !

Son couple a sombré, mais Mylène refuse de s'avouer coupable. D'avoir trop aimé ? D'avoir mal aimé ? Elle a des torts. Lui aussi.

Elle ne va pas soupeser leur amour et leur conduite. Elle refuse d'analyser ces dix ans. Pierre l'a quittée parce qu'il en aime une autre. Voilà la stricte vérité.

Heureusement que les « raviolis en fleur » se révèlent un régal, car Mylène craignait que cette soirée ne soit carrément désastreuse. Elle n'a pas le goût de se questionner sur ses émotions ou ses réactions. Elle est comme elle est. Elle ne se culpabilisera pas de n'avoir pas su garder son compagnon, d'avoir cru ses mensonges, et d'accepter aujourd'hui une liaison avec un homme marié et père de famille. Parce que c'est sa vie. Sa vie à elle. Et c'est à bras-le-corps qu'elle veut la prendre cette vie. Quitte à se faire mal.

Elle a trouvé l'énergie pour se ramasser. Elle ne crèvera pas. C'est déjà beaucoup !

Elles commandent un autre demi-litre de blanc et Mylène accepte même une cigarette. Quand on parle des hommes, quand on arrive à ce chapitre qui les passionne le plus, elles allument une cigarette.

— Tu sais, explique Mylène, j'ai simplement le goût d'être bien. D'être bien avec moi. Je ne veux pas disséquer le passé. Je ne veux pas décortiquer mes émotions, mes sentiments. J'ai l'impression d'avoir fait tout ce qui était en mon pouvoir pour que notre couple survive. Mais quand un des deux a déjà la tête ailleurs — je dis la tête, je pourrais dire autre chose — tu as beau essayer, ça ne marche pas à tout coup. Même en digérant tous les livres que tu m'as conseillés, ça ne changerait rien. Mon histoire d'amour avec Pierre est bel et bien terminée. Et je n'en trouverai pas l'explication dans les bouquins.

Sur ce, elle prend une lampée qu'elle savoure les yeux fermés.

— Tiens ! Si on allait prendre un digestif au bar du Ritz-Carlton. Ça, c'est une bonne place pour nous...

— Jamais de la vie. Je suis bien trop fripée ce soir. En arrivant, il faut que je sorte mon chien, et...

— Mémère !

Les deux amies se quittent en très bons termes. Mylène est parvenue à décompresser un peu et Sylvie a abandonné son projet de sauver son amie des périls humains et de lui faire prendre conscience de son « vécu ».

La voiture s'est déjà engagée sur le chemin du retour à la maison lorsque Mylène réalise que c'est le 2 novembre, Jour des Morts. Elle se rappelle que chaque année à cette occasion, les Ukrainiens et les Italiens envahissent le cimetière Notre-Dame des Neiges pour placer des lampions devant la tombe des êtres chers disparus.

À 23 heures, Mylène négocie la première courbe du chemin Camillien-Houde. Elle est tellement contente d'y avoir pensé. Demain, elle s'en serait peut-être souvenu, mais déjà plusieurs petites lanternes auraient été éteintes.

Vis-à-vis le lac aux Castors, Mylène ralentit. Les lueurs rouges brillent dans la nuit. On dirait des lucioles. Spectacle d'une beauté chargée d'émotions, chaque petite flamme est un mot d'amour adressé à un cher disparu. Le cimetière couvert de missives d'amour forme comme un creuset de chaleur humaine au cœur de la ville.

Au stationnement du belvédère, les automobilistes admirent les lumières de la ville et de la vie trépidante. Ici, c'est la lumière de l'après-vie, de l'impalpable, que projettent dans la nuit étoilée et froide de novembre les mille bougies aux flammes vacillantes. Mylène marcherait bien un peu dans le cimetière, mais les grilles sont verrouillées, et elle n'a ni la hardiesse ni l'audace de chercher un passage.

Contrairement à plusieurs de ses amis qui trouvent ridicule de « gaspiller » tout ce terrain pour des cadavres, Mylène apprécie ces lieux prévus davantage pour la sérénité des vivants que des morts. Sentiers écologiques ou chemins de réflexion dans un cimetière, cela ne se vaut-il pas ? Dans cet immense jardin bien aménagé, on dénombre des dizaines d'espèces d'arbres et d'oiseaux, sans oublier la panoplie de petites bêtes qui furètent ici et là.

Lorsque Mylène retrouve la chaleur de son logement et la vivacité de son chien, une extrême langueur l'envahit. Elle a envie de pleurer. Un immense chagrin l'habite. Elle ressent péniblement sa solitude. Les belles phrases de la femme autonome qui s'assume ne la convainquent pas elle-même. À qui ment-elle ? Quel jeu joue-t-elle ? À qui veut-elle faire accroire que cinq mois après sa séparation d'avec Pierre, elle est retombée sur ses pattes ?

Bien sûr, Vincent lui assure une certaine stabilité émotive mais pas davantage. Mylène sait qu'elle puisera la sérénité en elle-même. Elle doit composer avec son nouvel état. Apprendre à vivre seule, à ne pas compter sur les autres. Comprendre que personne ne doit plus jamais devenir tout pour elle.

Elle doit descendre des nues et voir la vie en face. Son union avec Pierre a échoué. Elle n'est pas la seule dans cette situation. La moitié des couples ne survivent pas aussi longtemps que le leur. Ce qu'ils ont vécu est déjà merveilleux. Il faut inscrire cela dans sa mémoire et reconquérir sa propre vie, cette vie qu'elle n'aurait jamais dû abandonner. Jamais elle n'aurait dû se remiser comme ça, se mettre à l'écart. Malgré la nouvelle famille. Malgré les obligations.

Mylène réfléchit au fait que peu d'hommes s'oublient dans une relation de couple ou même dans une vie de famille. Eux se réservent du temps, de l'espace.

Les seules femmes qu'elle connaît qui se permettent une liaison ou quelque aventure, le font par vengeance. De façon générale, les femmes de son entourage sont d'une fidélité à toute épreuve. Elles aiment avec sincérité et font tout pour sauvegarder leur couple. Si quelque chose cloche dans leur vie amoureuse, elles sont les premières à s'en blâmer.

Mylène se couche cette nuit-là avec un immense besoin de chaleur humaine. Qui lui enverra des confettis de tendresse? Pourquoi n'a-t-elle pas aux quatre coins du Québec, ou du monde, des amis qui lui adresseraient plein de belles phrases et de musiques réconfortantes?

Mylène se blottit dans son lit, se recroqueville et ne réussit à s'endormir qu'au petit matin.

Elle met cela sur le compte des raviolis.

* * *

Le lendemain matin, Mylène reçoit une lettre de son amie Nicole. Depuis que Mylène a eu le courage de se confier à son ancienne compagne de pensionnat, une correspondance assidue s'est établie entre elles. Le courrier de Nicole s'évertue à rasséréner son amie.

L'enveloppe à peine décachetée, Mylène est surprise par le laconisme du contenu.

« Bonjour Mylène.

C'est à mon tour d'être malmenée par la vie. J'ai très mal. Depuis ce matin, je vis seule avec mes deux fils. Viens me voir.

Nicole »

« Viens me voir... » Facile à dire. Mais tu restes à Natashquan, ma pauvre Nicole. Ce n'est pas à la porte. Tout d'abord le trajet Montréal-Sept-Iles, puis à partir de Sept-Iles, un chapelet de petits villages pour finalement aboutir le cœur en compote au bout du monde !

Mylène est bouleversée par cette mauvaise nouvelle. Mais qu'est-ce qu'ils ont tous ces hommes ?

« Pas Nicole ? Qu'est-ce qu'elle va faire isolée là-bas avec ses deux enfants ? »

Infirmière, Nicole travaille avec le médecin du village. Elle est d'un dévouement peu commun. Une perle enfouie dans cette terre de Caïn où il est si difficile de recruter du personnel médical.

La journée traîne en longueur. Mylène se remémore les paysages sauvages et durs de la Côte-Nord qui isolent davantage l'amie en détresse.

Elle imagine volontiers Nicole en train de marcher aux Galets escortée de ses deux fils courant devant elle. À moins que le plus jeune, Emmanuel, ne marche main dans la main avec sa mère. Il semble si sensible et calme.

Aux yeux de Mylène, Nicole personnifie la bonté incarnée, l'altruisme en personne, l'humour aussi et la patience. Sous quel prétexte abandonne-t-on une femme comme elle ? Pourquoi ? Pour qui ?

En début de soirée, Mylène obtient Nicole au bout du fil. Elle a du mal à reconnaître sa voix. Elle, si enjouée, si pétillante, on la dirait éteinte.

— J'ai pris quelques jours de congé. Tu sais, dans un petit village, les nouvelles voyagent vite. Tout le monde sait que Maurice est parti avec une fille de 21 ans. Il s'est installé avec elle à Sept-Iles. Il a laissé son emploi de professeur et vit des prestations de l'assurance-chômage.

— Comment est-ce arrivé ? Comment as-tu su ?

— À mon corps défendant, explique Nicole d'un ton sarcastique. J'ai passé des tests. Quand j'ai su que j'avais le chlamydia, j'ai réalisé que Maurice avait quelqu'un d'autre dans sa vie.

— Avais-tu des doutes ?

— Même pas. Je savais que Chantal, tu sais la nièce de madame Lefebvre qui habite tout près de l'ancienne maison des Juneau, trouvait agréable la compagnie de mon mari. Mais comme ils enseignent ensemble... En plus, elle voulait monter une pièce de théâtre. Maurice l'a secondée avec plaisir. On ne peut pas toujours se méfier de tout le monde. Et même si je l'avais soupçonnée, qu'est-ce que j'aurais pu faire ? L'empêcher de la voir ? On ne peut pas forcer les gens à nous être fidèles. Quand j'ai appris que j'avais cette MTS, j'ai eu un petit déjeuner-causerie avec lui. Son réflexe fut de nier puis il a tout avoué.

Nicole raconte comment son beau rêve a pris fin. Comment se sont écroulés seize ans de vie commune.

— Tu sais, je n'ai rien à lui reprocher en dehors de cela...

« C'est déjà assez », pense Mylène.

— J'aurais été prête à lui pardonner s'il avait renoncé à elle. Mais il me disait que Chantal avait plus besoin de lui que moi. Moi, je suis autonome, pas elle. Alors, il a décidé de s'occuper d'elle. Quant aux enfants, cela n'avait visiblement aucune importance pour lui. Tu vois, j'ai tout fait pour ne pas être dépendante de mon mari. Aujourd'hui, cela se retourne contre moi.

— Nicole, tu devrais venir passer les Fêtes à Montréal, chez moi, avec tes enfants.

— C'est impossible. De toute façon, je ne serai vraiment pas seule.

Sa voix s'est presque éteinte. Oui, le premier Noël de Nicole sera sûrement terrible. Mais elle a ses enfants, ses sœurs, ses frères. Mylène, de son côté, vivra aussi un premier Noël en solitaire.

— C'est toi qui devrais venir ici, renchérit Nicole.

Mylène réfléchit quelques secondes.

— Disons qu'on laisse passer les Fêtes, et vers la mi-février, j'irai peut-être te visiter.

— Tu sais Mylène, je t'envie de vivre dans une grande ville. Ici, c'est pénible. Tout le monde est au courant de ce qui m'arrive. Je ne peux jamais me retrouver vraiment seule. Des fois, j'aurais le goût de tout lâcher...

Nicole prononce ces derniers mots dans un sanglot.

— Tu m'inquiètes, Nicole. Viens vivre à Montréal. Tu peux rester chez moi un bon bout de temps. Je t'aiderai.

— Pauvre vieille, il faut que je gagne ma vie. Et ici au moins, j'ai la maison que Maurice m'a laissée et qui est presque payée. Ce n'est pas avec mon salaire d'infirmière que je pourrais vivre à Montréal avec deux enfants. Mes fils grandissent ; ça coûte cher. Et pour l'instant, Maurice ne paie pas de pension alimentaire parce qu'il ne travaille pas... et j'ai bien peur qu'il ne soit pas pressé de trouver un emploi. Il a toujours voulu vivre en bohême, en artiste, faire du théâtre. Je pense qu'avec Chantal, il va se le permettre.

Pour l'instant, il n'est pas question que Maurice voit ses fils.

— S'il veut les voir à Noël, il viendra ici.

— Peut-être que d'ici là sa belle histoire d'amour sera chose du passé...

— Pour moi, c'est terminé, Mylène. Mon histoire d'amour avec Maurice, c'est fini. J'ai tellement mal.

Mylène entend son amie pleurer à l'autre bout du monde. Comme elle compatit à sa détresse. Comme elle communie à sa douleur.

— Nicole, je t'en prie, sois courageuse !

Nicole doit bientôt interrompre ses confidences car un des garçons vient de s'écorcher un genou en jouant dehors.

— Mes rôles de mère et d'infirmière me réclament. Je te laisse.

— Courage Nicole. Je suis avec toi. T'es pas seule.

Mylène sait fort bien qu'on est toujours seule dans de telles circonstances. Mais que dire ? Que faire ? Comment consoler quel-qu'un pour qui soudain tout s'effondre ?

Mylène s'installe à son bureau et rédige une longue lettre à Nicole. Elle veut que les mots la bercent, la consolent, l'assurent de son amitié. Si au moins chaque mot avait l'effet d'un baume sur les plaies vives de Nicole. Mais les mots restent des mots.

À peine termine-t-elle sa lettre que le téléphone sonne. Vincent est dans le coin et arrêterait bien prendre un café.

Elle ne refuse pas. Elle irradie de joie.

Puis elle pense à Nicole. À cette Chantal. Elle aussi, pour une autre Nicole, elle est une Chantal. Moins intraitable, se ras-sure-t-elle.

Tout en faisant couler l'eau pour le bain, elle se convainc qu'elle n'exigera jamais rien de Vincent.

Vincent reste à peine une heure chez Mylène. Ils jasent un peu, puis répondant au rituel déjà établi entre eux, se retrouvent dans le lit où les draps ont été changés en vitesse.

Cette liaison, même si elle fait partie de la vie de Mylène, n'a rien d'acquis. Ils se quittent sans jamais savoir s'ils se reverront.

— Au fond, pense Mylène, c'est lui qui prend toutes les décisions. Je ne peux communiquer avec lui que le jour. Et encore, il ne faut pas éveiller les soupçons. Notre relation, c'est lui qui la mène.

Mylène s'endort, ruminant une certaine amertume. Nicole abandonnée par son mari. Et Vincent qui arrange bien la vie comme il l'entend. Pourquoi les hommes dirigent-ils autant nos vies ?

La réponse s'impose.

— Parce qu'on les laisse faire !

* * *

Anne réussit là où Sylvie a échoué. C'est ainsi que Mylène se retrouve un beau jeudi soir au chic Ritz-Carlton.

En descendant l'escalier qui mène à l'entresol où se dresse le bar, Mylène a l'impression de revenir plusieurs années en arrière, alors que, pour céder à la mode, elle s'engouffrait dans les discothèques de l'ouest de la ville. Mylène a toujours détesté ce genre d'expédition.

Aujourd'hui, dans cette pièce chaleureuse lambrissée de bois, elle n'est pas vraiment plus consentante. Mais elle accepte en se disant qu'elle en profitera pour observer les gens. Cela pourra toujours lui être utile pour les tas de bouquins qu'elle mijote !

Quelques notes de piano attirent son attention.

— Dieu merci, il y a au moins de la « vraie » musique !

Les deux copines se faufilent jusqu'au fond du bar, près du piano. Une minuscule piste de danse accueille les couples. Des duos hétéroclites s'y forment. Mylène croit même repérer une prostituée, tout ce qu'il y a « de luxe ». Pour confirmer son hypothèse, la rousse dame quitte précipitamment la piste, suivie d'un homme d'âge moyen, genre Texan en voyage d'affaires ! La fille est remarquablement jolie. Pas vraiment jeune, mais raffinée. Ses vêtements sont griffés. Elle a de la classe à revendre. C'est d'ailleurs ce qu'elle en fait !

Quand Anne et Mylène parviennent à dénicher deux tabourets — exploit à souligner — elles commandent deux Bloody Ceasar. Elles regardent autour d'elles puis échangent quelques impressions.

— Tu vois, le grand Italien de l'autre côté du bar, je suis sûre que je lui plais. Je te jure qu'il va venir me voir.

C'est Anne qui vient de parler en tournant des yeux doux vers le bel Apollon. Mylène la regarde, décontenancée.

— J'en reviens pas. Moi je suis absolument incapable de draguer. Je le voudrais que je ne saurais pas comment faire. Je n'ai vraiment pas de talent pour ce petit jeu-là.

— Petit jeu tant que tu voudras, ma chère, n'empêche que ça demande du doigté.

Anne explique à Mylène que tout se joue au niveau des yeux. Il existe un langage des yeux.

Mylène pouffe de rire et se jure de ne jamais recourir à ces acrobaties de sourcils pour attirer un homme. Plutôt rester seule que de se soumettre à de tels stratagèmes.

— Tant pis ! Tu ne sais pas ce que tu manques...

— En tout cas, j'évite quelques MTS !

— Comique ! Les condoms, ça n'existe pas pour rien. Et puis, je ne choisis pas n'importe qui.

Tel que prévu, le bel Italien se dirige bientôt vers Anne. À n'en point douter, il a lui aussi appris le langage des yeux. Après avoir jaugé sa « proie », il lui sussurre quelques mots qu'on devine doux. Anne rougit de plaisir.

Jamais Mylène n'aurait cru que son amie pouvait draguer avec autant de méthode. Serait-ce un art qui s'apprend ? Qui s'enseigne quelque part ? Peut-être au Thursday's !

Valentino — c'est bien son prénom — invite Anne à faire un petit tour de piste avec lui. Mylène se retrouve seule au bar. Bien que non-fumeuse, elle se sert dans le paquet de Paco Rabanne d'Anne. Quelle situation ridicule ! On a l'impression de se promener avec une affiche indiquant sa disponibilité. Quelques hommes la regardent ; elle détourne les yeux, mal à l'aise.

Mylène doute qu'une belle histoire d'amour puisse commencer dans un bar.

« La rencontre doit être magique, pense-t-elle encore fleur bleue. Mes amours ont peut-être été imparfaites, mais elles ont toutes été empreintes de magie. D'étincelles, de coups de foudre. »

Mylène ne veut rien d'autre pour ses amours que de la magie, de la folie.

Magie et folie la ramènent à Vincent. Juste à la pensée qu'il existe et qu'elle compte peut-être aussi pour lui, Mylène se sent moins ridicule dans ce lieu. Elle est là en observatrice. Le bar lui paraît même très beau. Elle commande un deuxième verre. Non, Mylène n'est pas à la recherche de quelqu'un. Elle est bien au-dessus de tout cela...

À partir de cet instant, le jeu des regards complices, les caresses furtives et les haleines alcoolisées ne lui paraissent plus si terribles.

Anne revient à son tabouret, escortée de son beau Latin. Celui-ci offre un verre à Anne. Il en offre aussi à Mylène qui refuse puisqu'elle entame à peine sa consommation.

Tandis que Mylène tente de suivre le manège d'un autre dragueur, Valentino explique qu'il est importateur de tableaux d'art et de bijoux précieux.

— Quel travail fascinant !

Valentino se colle davantage sur Anne et poursuit son discours. Pendant ce temps, Mylène est interpellée par un Torontois de passage à Montréal. Ensemble ils parlent de la Ville Reine embellie grâce à des aménagements intelligents le long des rives du lac Ontario.

L'anglophone se force pour parler français. Mylène l'y encourage. Il clame les attraits de Toronto, désormais une ville merveilleuse où la vie culturelle s'épanouit. Il décrit certains quartiers avec un enthousiasme délirant.

Quand il est question des professions de chacun, Mylène explique qu'elle travaille en communications. Elle pouffe de rire quand le beau Brian avoue qu'il s'occupe de relations publiques et de marketing... pour la ville de Toronto !

— Quel bon ambassadeur vous faites !

Ils sympathisent. Mais après une heure de ces conversations où on débat des beautés des deux villes rivales, des intérêts de chacune, Mylène regarde l'heure et signifie à son compagnon qu'elle doit partir, car demain elle travaille et bla-bla-bla !

Evidemment, en homme courtois, il propose de la reconduire...

À la mine réjouie d'Anne, Mylène comprend que son amie ne rentrera pas de sitôt. Elle la salue donc et quitte Brian qui n'aurait pas dédaigné une visite guidée dans les rues du Plateau Mont-Royal.

Quand elle regagne sa voiture, Mylène soupire d'aise. Enfin seule. Les portières verrouillées, bien au chaud et la radio à CIEL-MF, elle se sent comme dans un cocon. Elle rentrera bien sagement en écoutant « La petite musique de nuit », se permettant même quelques détours pour prolonger ces instants de sérénité.

Elle roule vers le Vieux-Montréal, longe le port désert, reconnaît en passant le restaurant « Le petit espace » où Vincent et elle ont vécu leurs premiers émois, puis elle monte jusqu'à la rue St-Viateur en prenant St-Laurent. Elle vire à gauche et va acheter six Bagel et du fromage à la crème.

Puis elle passe devant l'atelier de Vincent. Même s'il y avait de la lumière, elle n'oserait y monter de crainte de se retrouver face à sa femme... ou à une autre.

Les lumières de l'atelier sont éteintes. Mylène stationne sa voiture quelques instants. Elle regarde en direction de la fenêtre et se laisse envahir par une passion débordante.

La nuit qui vient sera longue et s'étirera en souvenirs.

* * *

C'est le 23 décembre, en soirée, que le couple illicite célèbre Noël.

Mylène dresse une table d'apparat dans la salle à manger. Elle sort du placard un bougeoir en argent qu'elle a minutieusement poli. Une nappe de dentelle, cadeau rapporté de Bruges par sa sœur, habille la table.

Pour une fois, le rendez-vous est prévu, ce qui permet à l'amante de préparer un accueil digne de l'amour que lui inspire le sculpteur.

Dès neuf heures ce matin-là, Mylène se retrouve chez Waldman. Elle parcourt avec difficulté les allées pleines à craquer de gens de toutes les ethnies venus faire leurs provisions pour les Fêtes. Mylène reconnaît des Portugais, des Italiens, des Grecs, des Hindous et plusieurs Sud-Américains. Elle fait provision de saumon fumé, de crevettes, de pétoncles et de quelques pattes de crabes.

Elle observe quelques instants le bassin où s'entassent des homards vivants, les pinces bien attachées. Plus loin, des tortues s'ébattent dans une mini-piscine, au plus grand plaisir des enfants. Avant de se diriger vers la caisse, elle choisit un pot de câpres et quelques citrons.

Puis elle remonte à pied la rue St-Laurent, histoire d'admirer les vitrines des boutiques multi-ethniques.

Elle songe à Noël. La foule pressée lui rappelle que dans quelques heures, on fera la fête. Un court instant de cafard s'empare d'elle quand elle se remémore ses récents Noëls. Elle pense aux filles et ravale ses larmes. Myriam et Marie-Eve sont parties hier pour l'Abitibi où elles passeront Noël dans la famille de leur mère. Elles reviendront la veille du Jour de l'An pour célébrer la Nouvelle Année avec leur père et sa blonde. Elles ont réservé pour Mylène toute une journée de congé pour une sortie à trois.

Mylène n'a pu s'empêcher, avant leur départ, d'être fidèle à une tradition établie il y a dix ans, et a remis à chacune une boîte-cadeau. Tout de suite, les filles ont deviné qu'elle contenait une robe de nuit ! On a pouffé de rire. Les filles ont cependant promis de patienter jusqu'au réveillon pour déballer le cadeau. Depuis que Mylène connaît les enfants, il ne s'est pas passé un Noël sans qu'elles ne trouvent parmi leurs étrennes ce vêtement de nuit.

À ces pensées, le présent l'accable. Cette année, Noël est différent. Mylène est seule... Elle demande une trêve au cafard, à la tristesse, au spleen. Aujourd'hui, Mylène prépare « sa » réception de Noël. Ce soir, elle accueillera avec tendresse ce merveilleux cadeau que la vie lui a réservé à elle qui n'en attendait plus rien.

Au tintement de la sonnette, Capucine jappe. Mylène est déjà prête depuis une heure. Elle ouvre la porte à Vincent qui lui remet une superbe gerbe de fleurs, en même temps qu'il l'enlace tendrement. Mylène est émue. Son Noël commence.

La gerbe disposée dans un vase, Mylène offre le champagne. Sur la table basse du salon, elle a déposé un cadeau enrubanné. Pour son bien-aimé. Vincent sort de sa poche un minuscule paquet qu'il place à côté. Assis sur le futon, ils se caressent doucement. Leurs yeux et leur bouche se disent d'étranges choses quand ils trinquent...

Mylène et Vincent parlent peu d'amour. Jamais ne se sont-ils avoué leurs sentiments. Mylène dit parfois à Vincent des mots tendres mais évite toute conjugaison du verbe aimer. Mylène cherche à savoir pourquoi Vincent est si discret. Ses gestes parlent mieux que les mots, dit-il. Vincent n'est pas libre. Il reste fidèle à sa femme, du moins en paroles ou plutôt en silences !

Mais ce soir, Mylène oublie ses nuits de doutes et de douleurs et profite de chaque instant auprès de son amour.

Tandis qu'elle va à la cuisine chercher les canapés au saumon fumé, Vincent pose sur le tourne-disque la Symphonie no 1 de Mahler. Mylène apprécie Mahler et Vincent le sait. Cette musique est presque devenue le symbole de leurs retrouvailles de plus en plus voluptueuses. Ils atteignent ensemble des sommets de plaisir. « C'est de la luxure », conclut Mylène.

Ce soir, ils ont le temps, cadeau inestimable. Ils ne se feront pas l'amour tout de suite. Ils mangeront lentement, puis après... C'est du moins ce que croit Mylène.

Avant d'entamer une deuxième coupe de champagne, ils déballent les cadeaux. Mylène découvre une superbe broche en forme d'oiseau, bijou d'un raffinement peu commun. Vincent la lui pique sur son chandail noir. C'est l'œuvre d'un de ses anciens confrères de l'école des Beaux-arts. Mylène embrasse passionnément Vincent.

À son tour, Vincent développe un cadeau qu'il devra étrenner ce soir : une robe de chambre qui, bien sûr, restera chez Mylène. Comme un lien entre leurs deux vies parallèles, le vêtement en permanence chez Mylène évoquera la présence aimée, témoignera de son existence. Vincent paraît ému lui aussi et ne se fait pas prier pour l'essayer. Elle lui va à ravir.

La séance d'essayage se termine en tendresse.

Le souper n'est servi qu'en fin de soirée. Comme un complément. Repus de caresses et les jambes flageolantes, ils partagent le repas en se savourant des yeux. Déjà, l'heure du départ approche. La nostalgie succède à la passion. Leurs mains se rejoignent au milieu de la table et ils oublient volontiers le fromage et les fruits pour se retrouver encore une petite demi-heure au lit parmi les draps en pagaille.

Demain, Vincent quittera Montréal avec sa petite famille pour un séjour de deux semaines dans un chalet tout près du mont Orford.

Pour la première fois depuis des mois, Mylène sera privée de la présence de Vincent pendant une quinzaine. Cette perspective la brise. Règle générale, les amants se voient une ou deux fois par semaine. Vincent peut l'appeler et débarquer chez elle dix minutes plus tard. Tout peut arriver. Mais à compter de ce soir, plus de surprises possibles. Il ne sera pas de retour avant deux longues semaines.

Les adieux s'étirent silencieusement.

Vincent a déjà franchi le pas de la porte quand Mylène souffle :

— À minuit, à minuit sonnant, la nuit de Noël, je penserai à toi.

— Moi aussi. Promis.

Il lui fait un geste de la main. Déambule gauchement sur la galerie qu'une couche de verglas rend dangereuse. Mylène le regarde marcher sur le trottoir. Il est attendrissant. Un vrai gamin !

Mylène fixe longuement la broche que Vincent lui a offerte. Elle la met au creux de ses mains, l'examine, en caresse les lignes délicates. Elle serre entre ses doigts le présent choisi pour elle.

Après un bain, elle enfile la robe de chambre de son amant et s'endort en reniflant l'odeur dont il a imprégné le vêtement.

* * *

L'annuaire téléphonique, les carnets d'adresses, les bottins verts et le supplément de La Presse avec sa liste de restaurants, sont éparpillés sur la table de la cuisine.

24 décembre, 15 heures : Mylène et Sylvie cherchent un endroit où elles pourront ensemble passer à travers le réveillon sans trop de blessures. Travail ardu. Même les grands hôtels ne proposent que des soupers pour le jour de Noël, rien la veille.

Pendant quelques minutes, les deux filles envisagent d'offrir leurs services à quelque organisme de charité. Voir d'autres tristesses leur ferait peut-être du bien !

— Pas cette année. J'aurais l'impression que c'est moi qui profiterais d'eux. Permettez-moi de vous aider, mon chum a sacré son camp et c'est mon premier Noël seule...

Sylvie poursuit méthodiquement les appels téléphoniques. Elle accueille les réponses négatives de restaurateurs navrés qui lui souhaitent quand même un « Joyeux Noël ». Pendant ce temps, Mylène amuse un des chats de Sylvie, l'énorme chat blond qui célébrera bientôt ses dix ans !

— Ça y est ! J'ai enfin trouvé. « La belle poule », dans le Vieux-Montréal. J'ai réservé pour 20h30. Merveilleux ! Ça va nous changer les idées.

En ramassant son manteau où le chat a laissé quelques poils, Mylène dit au revoir à son amie. Elle a encore des courses à faire et veut s'accorder du temps, histoire de paresser dans un bain mousseux.

Sylvie s'entend pour aller chercher son amie vers 20 heures.

— Arrive plus tôt. On prendra l'apéro chez moi.

Mylène a enfin déniché un présent pour Sylvie. La semaine dernière, elle a fait ses emplettes et acheté des cadeaux pour sa famille, Nicole et ses fils. Les présents pour ces derniers ont été expédiés par la poste à Natashquan. Enfin, elle trouve ce qui peut plaire à son amie : une tisanière assortie d'une tasse avec couvercle. Voilà un objet qui conviendra à Sylvie ! Tout en travaillant, elle pourra se réconforter avec ses décoctions préférées.

Mylène a aussi acheté un gros cahier à couverture rigide dans lequel elle transcrira son quotidien. Depuis des années, elle rédige quelques lignes tous les soirs. Et à la fin de chaque année, c'est devenu un réel plaisir que de choisir le cahier qui l'accompagnera pendant 365 jours.

Vers 19 heures, Sylvie arrive chez Mylène. Les huîtres fumées, les craquelins et les olives décorent déjà la table du salon. Sylvie est chic ! Elle porte une superbe robe rose et turquoise qui met en valeur sa coiffure légèrement punk où le blond cendré se mêle au châtain balayé de mèches auburn. Ses yeux sont savamment maquillés. Mylène, quant à elle, porte une classique robe noire. La broche reçue en cadeau en rehausse le corsage.

En apercevant le bijou, Sylvie regarde son amie et l'étreint avec tendresse. C'est peut-être ça le vrai cadeau de l'amitié : ne pas avoir à se parler pour se comprendre. Oui, il est difficile ce premier Noël. Oui, elle pense continuellement à Vincent. Oui, ce soir, plus que jamais, leur amitié s'avère précieuse.

— Quelle magnifique broche ! Il a du goût...

Puis, pour amuser autant son amie qu'elle-même, Sylvie récite à Mylène — avec évaluation et détails à l'appui — la liste de tous les hommes « connus » au cours de l'année qui s'achève.

Les fous rires éclatent souvent pendant l'apéro et la demi-bouteille de champagne se vide au rythme de leur complicité. La vie peut être belle. Mylène apprend à être bien, seule avec elle-même. Pour l'instant, elle a besoin d'un rêve appelé Vincent et d'une amie tout près. Elle possède cela. C'est déjà beaucoup.

Les cadeaux sont déballés. Mylène n'est guère surprise de recevoir un cadeau presque identique à celui qu'elle offre à Sylvie.

— Après les Fêtes, cure santé : tisanes et infusions !

Noël sera blanc cette année.

Quand, à vingt heures, elles quittent la maison, la rue est enneigée. Il faut donner quelques coups de balai pour nettoyer les glaces de la voiture. La neige ne présente maintenant que la facette angélique et féérique de sa blancheur toute molletonneuse. Dans quelques heures, elle embêtera sérieusement les automobilistes.

Dans le Vieux-Montréal, elles n'ont aucune difficulté à stationner. De toute évidence, la fête se déroule ailleurs, dans les demeures. Aux abords du restaurant, il y a un peu de vie. Et bien sûr, les alentours de l'église Notre-Dame aperçue tantôt sont achalandés.

Le restaurant est joliment décoré. Pour l'occasion, un menu spécial a été élaboré et le personnel est particulièrement attentionné. Sur les tables, on retrouve des sifflets, des chapeaux multicolores, des flûtes en plastique.

On leur a réservé une table près d'un mur, une table pour quatre, ce qui plaît aux deux amies qui ne se sentent pas irréductiblement confinées à leur solitude.

Petit à petit arrivent d'autres convives. Des petits groupes. Deux, trois, quatre au maximum. On reconnaît bien quelques touristes. Un homme seul trinque avec un jeune couple. Tous les clients de «La Belle Poule» ont sans doute, comme elles, cherché un restaurant ouvert en cette nuit spéciale.

Bien que toutes deux craignaient que ne s'installe entre elles trop de silence, le repas se déroule agréablement et la conversation est animée.

À minuit, on s'embrasse en se souhaitant un Joyeux Noël. Certains vont de table en table pour distribuer des petits becs ou des poignées de main.

Pendant un moment, Mylène ferme les yeux.

— Je sais à qui tu penses !

Et Sylvie pose sur la joue de son amie un gros bec.

À une heure du matin, Sylvie dépose Mylène. Celle-ci grimpe jusqu'au troisième, un peu chancelante et perdue dans ses rêveries. Pas question de dormir tout de suite. Le sommeil ne viendrait pas.

Elle siffle Capucine qui ne se fait pas prier.

— Cette nuit, ma belle, on fait une grande marche !

Sur le boulevard St-Joseph, la circulation est lente mais régulière. Il neige encore et la prudence est de rigueur. Dans les voitures, on aperçoit les familles entassées parmi les cadeaux. Pour certains, le réveillon se termine; pour d'autres, il commence. Tout en déambulant dans la rue, Mylène jette un coup d'œil dans les maisons. La plupart des salons sont illuminés et des arbres décorés trônent dans un coin de la pièce. On devine que la fête bat son plein.

Dans la douceur de cette nuit, Mylène réfléchit à tous les événements qui se sont succédés dans sa vie depuis le dernier Noël. Des larmes roulent sur ses joues.

Elle se demande à qui elle « doit » ses larmes. À Pierre ? Aux enfants ? À Vincent ? Ou à elle-même ?

Il est triste d'avoir perdu un homme adoré. Il est triste d'être privée de la présence des enfants. Il est triste d'aimer un homme marié. Il est triste de se retrouver seule à l'aube de ses quarante ans. Pourtant, elle est bien vivante, pas trop bête, et fait merveilleux, elle n'a pas perdu le goût d'aimer. Même qu'il y a de plus en plus d'amour autour d'elle. De la part d'hommes, mais aussi de ses amies, ses parents, ses frères et sœurs, tous ceux qui ont fait preuve de compréhension lors de son épreuve.

Elle revient lentement vers son logis. Elle ne regarde plus dans les maisons pour voir le bonheur des autres. Elle va droit devant elle.

La neige tombe mollement sur Montréal. Comme pour abriller les chagrins trop lourds.

Mylène dormira en rentrant, son premier réveillon de Noël passé. Dans une quinzaine d'heures, elle se retrouvera chez ses parents pour le souper.

* * *

Au bureau, le travail reprend son train-train habituel. Il est toujours difficile de se remettre à la tâche après une période qui, pour la majorité, a été fatigante. Les plus reposés ont profité du congé pour pratiquer le ski.

Mylène, pas très sportive, s'est contentée d'une journée à Val-David. Tôt le matin, elle a pris l'autobus pour profiter d'une dizaine d'heures au grand air. Quelques haltes ici et là. Au restaurant « Lysandre » à l'heure du midi, puis au bar de La Sapinière en après-midi. Elle a repris l'autobus vers 17 heures, à l'heure où le soleil couchant fuselait le ciel de roses et de bleus magnifiés. Elle était complètement vannée après ses deux tours à pied du lac Doré. La journée avait été splendide, d'un froid vif et sec. Le soleil avait même bronzé son visage.

Quand l'autobus était arrivé au terminus Voyageur, Mylène sommeillait. Elle avait retrouvé sa voiture garée en face du terminus. Son automobile prenant de l'âge, elle préférait les transports en commun pour grimper dans le Nord.

L'escapade n'avait pas été longue, mais Mylène en avait pleinement profité.

Ce matin, Mylène est un peu nerveuse. Vincent n'est pas rentré travailler. Pourvu qu'il ne lui soit rien arrivé de fâcheux ! La téléphoniste lui apprend qu'il a pris quelques journées de congé supplémentaires. Mylène éprouve un petit pincement au cœur en songeant qu'il est avec une autre. Et qu'il ne semble pas si mal !

— J'ai pas à me plaindre. Je savais dans quelle galère je m'embarquais.

Mais Mylène ignorait à quel point elle s'attacherait à lui. Elle ignorait que chaque visite tisserait des liens de plus en plus forts entre eux. Elle est surprise de pouvoir aimer à nouveau.

« Il devient trop important pour moi », conclut-elle.

Aimer quelqu'un d'autre, quelqu'un de libre ; trouver un remplaçant à Vincent ? Impensable !

Vincent fera encore très bien l'affaire ! Il n'est pas libre, mais pas question de se contenter de moins bien que lui.

« On a des exigences en vieillissant ! ».

Sur le piédestal où Mylène l'a placé, Vincent supporterait mal toute comparaison. Ce n'est pas peu dire : même les attentes deviennent un prélude ou un prolongement à leur tendresse.

Mylène aime Vincent.

Le téléphone la réveille en sursaut. Une fraction de seconde, Mylène espère entendre la voix de Vincent au bout du fil. C'est Nicole qui appelle de sa lointaine Basse-Côte-Nord.

Mylène allume la lampe de chevet et se redresse dans son lit. Capucine bouge à ses pieds, puis incommodée, va se tapir dans un fauteuil.

Dès le début de la conversation, Mylène devine que les choses ne tournent pas rond pour Nicole.

— Mes fils sont finalement allés chez leur père pour le Jour de l'An. Un des frères de Maurice leur a offert les billets d'avion. Depuis qu'ils sont revenus, ils ne parlent que de lui... et d'elle. J'ai peur qu'ils aillent vivre avec eux.

Mylène tente de rassurer son amie étouffée par les sanglots.

— Voyons Nicole. Tes fils sont bien trop jeunes pour te quitter. Ils ont sept et dix ans.

Tout en hoquetant, Nicole précise :

— Elle leur a dit qu'elle les emmènerait en voyage en moto, cet été. J'ai perdu mon mari, je ne veux pas perdre mes enfants.

— Nicole, ne dramatise pas ! Ils reviennent tout juste de là-bas. Ils sont un peu excités, c'est normal. Tout nouveau, tout beau. D'ici quelques jours, tout sera rentré dans l'ordre, tu verras.

Les deux amies échangent des nouvelles. Elles se racontent quelques anecdotes pour retrouver le sourire. Nicole insiste pour que Mylène la visite.

— Tu peux même emmener ton amoureux !

— Dis pas ça. Ça serait trop beau.

Mylène promet de rappeler d'ici quelques jours. Elle encourage Nicole à reprendre espoir.

Mylène a du mal à trouver le sommeil. Le cas de Nicole la préoccupe. Mais surtout, elle rêve — toute éveillée — d'une escapade à Natashquan avec Vincent. Elle s'imagine marchant sur les Galets avec Vincent. Puis ils courent jusqu'à La Cache, l'hôtel de la place, pour vivre leur amour.

— Vincent, je voudrais t'aimer au grand jour. Vincent, je t'aime !

Mylène a dit les derniers mots à voix haute. Dans la nuit, cette plainte amoureuse la renvoie à sa solitude.

* * *

Il parla de cette heure comme de l'heure mauve. C'est à ce moment précis qu'elle le vit avec d'autres yeux.

Par la petite lucarne de cette chambre d'hôtel de Ste-Marguerite, la lumière de cette fin d'après-midi lui parut à elle aussi étrangement mauve.

Depuis quelques heures déjà, Mylène renouait connaissance avec Claude.

Sur l'autoroute, Claude ouvre le toit de sa petite voiture japonaise. Bien emmitouflée dans son manteau, Mylène profite délicieusement de ces rayons de soleil qui caressent son visage. Claude a mis la chaufferette au maximum. Après tout, on n'est qu'en février. Mylène se sent divinement bien, le corps au chaud et la figure au grand air. Elle emmagasine l'étrangeté de cette sensation. Elle veut faire le plein de toute la chaleur et de tout le piquant de cette escapade.

Ce samedi-là sur l'autoroute des Laurentides, Mylène voyage avec un presque inconnu. Claude est un cinéaste spécialisé dans les documentaires. Elle l'a connu il y a quelques années, lors d'une session de formation en scénarisation. Depuis, ils se sont perdus de vue pour se revoir il y a une quinzaine de jours, lors d'un vernissage organisé par Sylvie pour un artiste qui s'amuse avec bonheur avec du papier de riz. Une certaine magie a agi sur eux. Les amis qui les accompagnaient ont presque encouragé leurs retrouvailles.

Et voilà que ce matin, ils partent un peu comme à l'aventure, peut-être à la recherche d'un temps perdu.

Pendant l'heure et quart qui sépare Montréal de Ste-Marguerite — il ne conduit pas vite au grand bonheur de Mylène qui a envie d'étirer toutes les minutes de cette excursion — il lui parle des femmes de sa vie, de ses parents, du quartier de sa jeunesse, de son travail passionnant, de ses débuts dans le métier, de ses rêves, de ses déceptions, de la crainte du vieillissement qui hante déjà sa cinquantaine.

Mylène aussi parle beaucoup. De ses amours, de ses déceptions, de ses rêves, de son travail, de sa maison, des voyages à venir, et même de Vincent.

Chaque seconde de leur balade compte.

Elle dévore la nature des yeux et ramasse des souvenirs pour des jours moins ensoleillés. Elle engrange pour les nuits de famine émotive.

Aujourd'hui, Mylène est heureuse. Pleinement heureuse, en pleine possession de sa vie. Elle aime un être qu'elle juge extraordinaire et s'intéresse à un autre. Un autre que Vincent aime lui parler. Cela lui procure un bien immense. Elle a un amant, et c'est bon. Sentir qu'elle plaît à plus d'un, la réconcilie avec la vie. Elle redécouvre l'amitié. Autant son amitié avec Sylvie et Nicole que ses heures de passion folle avec Vincent sont les morceaux indissociables d'un tout.

Plus jamais elle ne veut vivre pour une seule personne. Plus jamais elle aimera avec autant de fidélité, de servilité, de dévotion. Aucun homme ne vaut la peine qu'on s'abolisse. Cela Mylène l'a appris de la façon la plus dure et veut s'en souvenir pour toujours.

Mylène vient d'apprendre à conjuguer sa vie à la première personne du singulier. Elle renaît. Elle pense au je, avant de se hasarder jusqu'au tu... Le nous est encore loin.

Quand Claude demande la clé de la chambre et présente sa carte Visa, Mylène éprouve une curieuse sensation. Depuis longtemps, c'est plutôt elle qui sort sa carte de crédit. Depuis son célibat, elle se fait plaisir un peu trop souvent. L'impressionnante pile de feuillets bleus de l'American Express témoigne à sa façon des compensations de la solitude ! Pour une fois, Mylène a l'impression d'être prise en charge...

La simplicité de la chambre de l'auberge, et surtout sa petitesse, les font sourire. On est loin du Ritz ! Mais ça ira. Après tout, ils ne logent là qu'une nuit. Et avec le beau temps, ils ne s'encabaneront pas.

Au milieu de l'après-midi, Mylène et Claude se distinguent des skieurs et entreprennent une grande marche qui les conduit jusqu'à l'orée de la forêt. Les sapins ploient sous la neige ; le spectacle est féérique.

Ils s'amusent à suivre des traces de lièvres. Mylène a appris de Pierre les rudiments de la vie dans les bois. Cette incursion le lui ramène à la mémoire.

Bien que loin de la ville et en excellente compagnie, elle pense quelques minutes à Pierre. À leur première partie de chasse près du Baskatong. Le Pierre qu'elle a aimé, c'est celui-là. Celui des grands espaces et des forêts profondes à s'y perdre. Celui des matins de chasse aux canards quand la brume est épaisse à trancher au couteau. Celui des longs silences complices. Celui qui enseignait les animaux et les oiseaux. Celui qui devinait la terre et les forêts. Celui qui connaissait les noms des poissons. Celui aussi qui lui avait tendrement caressé les cheveux un soir de septembre. Celui qui avait partagé ses doutes pour le tout premier roman, puis l'excitation de la publication. Celui qui, la nuit venue, la réveillait pour lui raconter un paragraphe fraîchement écrit. Celui qui l'appelait au bureau pour vérifier l'orthographe d'un mot.

— Ma chère Mylène, comme vous semblez lointaine...

Comme s'il avait tout deviné, Claude presse la tête de Mylène contre son épaule, l'y loge confortablement. Il lui caresse la nuque, puis la berce doucement. Presque immobiles dans ce décor, deux êtres s'enlacent presque douloureusement.

Mylène se trouve si bien ainsi blottie entre les deux grands bras forts du cinéaste, qu'à un moment, elle ressent l'emprise du mâle protecteur et tout-puissant, comme dans les clichés. Étrangement, cette sensation lui plaît.

Le cinéaste a le don de la mise en scène.

Quand ils remontent à la chambre, il débouche une bouteille de Clos Ste-Odile mise à refroidir sur le bord de la fenêtre et extirpe deux coupes de son sac de voyage. Il a même apporté une demi-douzaine de clémentines pour le lendemain matin.

Le parfait gentleman séducteur expérimenté a pensé à tout !

La nuit est à la mesure de la mise en scène. Entrecoupée de « séquences » qu'on devine fréquemment et talentueusement répétées.

Une nuit d'amour comme on en vit peu dans une vie.

Mylène aurait volontiers prolongé l'escapade. Mais il faut rentrer en ville. Demain, il y a du pain sur la planche autant au bureau pour Mylène, qu'en studio pour Claude.

Une dernière douceur les réconforte : un Capuccino à « L'Intrigant », rue Bernard.

Ils causent de tout en évitant de parler d'eux. Déjà Claude est habité par le film dont il entreprend le tournage la semaine prochaine et pour lequel des essais sont prévus en studio très tôt lundi matin.

Mylène pense à Vincent. Tout a été tellement imprévisible avec Claude. Elle est toute chambardée.

Elle se sent merveilleusement bien dans sa peau. Chaque pore de son être a récolté des brassées de tendresses.

Juste à évoquer Claude, le cœur de Mylène palpite. Mais elle doute de la réciprocité de sentiments.

Cependant, elle n'a pas l'intention d'endiguer maintenant ces nouvelles bouffées d'amour qui la font revivre.

Ils se reverront.

Il l'initiera au taoïsme. Ils passeront encore de longues plages de temps à communiquer. Elle lui confiera son intérêt pour lui. Il n'y répondra pas. Ils deviendront alors les meilleurs amis du monde.

Mylène est redevenue un être pétillant, heureuse de vivre. Elle songe à tout ce que la vie lui a réservé depuis sept ou huit mois : un été dramatique, un automne tout à coup ensoleillé et cet hiver où elle redevient une femme étrangement semblable à celle qu'elle a déjà été. Une femme libre, heureuse, entourée d'amis.

Elle est presque guérie.

Une fin d'après-midi, au parc Lafontaine, devant une assistance attentive composée d'écureuils et de pigeons gourmands et curieux, elle part à courir, au grand plaisir de Capucine qui l'accompagne, puis va s'affaler dans un gros banc de neige scintillante.

Mylène respire.

* * *

Pas besoin de consulter le calendrier pour réaliser qu'arrive le printemps !

Pâques a effacé les dernières traces de l'hiver, et dans les rues l'eau dévale en fines rigoles. Les automobiles font la queue au « lave-auto » du coin. Avec soulagement, les passants troquent leurs lourdes bottes d'hiver pour de solides « running shœs » ou de pimpants souliers.

Au bureau, la même fièvre gagne le personnel. Toute concentration devient ardue. Les gens préparent déjà leurs vacances. Plusieurs ont profité du congé scolaire de leurs enfants, à la fin de février, pour emmagasiner un peu de soleil. Leur hâle n'a pas duré, mais leur moral est meilleur.

Mylène hésite quant à son lieu de vacances. Choisira-t-elle Natashquan... ou Paris ?

Une certitude : elle ne passera pas le mois de juillet à Montréal. Elle se rendra à tout le moins dans les Laurentides où elle louera un chalet, à moins qu'elle n'opte pour Cape Cod.

La vie va sans grandes surprises.

Elle voit régulièrement Vincent, toujours avec le même émerveillement, la même ferveur. À l'occasion, elle soupe avec Claude. Leurs conversations sans frontières aucunes se terminent parfois sur l'oreiller. Commencent alors des heures d'une volupté chaque fois renouvelée. Leur amitié amoureuse s'avère de plus en plus précieuse.

Un midi, à la mi-avril, Mylène et Vincent organisent un pique-nique sur le Mont-Royal. Le temps s'étire en tiédeur bienfaisante. Les bourgeons éclatent sous le soleil de plus en plus insistant. La nature s'éveille pour de bon.

Ils repèrent un banc, car les tables de bois s'entassent encore dans un entrepôt quelconque. Le napperon deviendra une nappe taillée sur mesures. On y dépose les victuailles. Chacun prend place à un bout du banc.

Dans l'étang vidé mais non vidangé, les goélands s'en donnent à cœur joie. Ils gobent avec gourmandise et force cris les croûtons de pain que Mylène leur lance. Dans les bois, les écureuils effrontés s'adonnent à des courses folles. Des chants d'oiseaux inconnus à leur oreille se mêlent aux gazouillis du vent dont l'haleine devient presque chaude.

Le casse-croûte englouti, Mylène et Vincent, main dans la main, font une marche qui les conduit jusqu'au regroupement de sculptures. Vincent en examine quelques-unes attentivement. Puis, ils contournent le lac en se taquinant et trouvent un coin à l'écart où leurs mains se dispensent quelques caresses.

— C'est bien la première fois qu'on se voit et qu'on ne se fait pas l'amour !

Le soir même, Vincent trouve un prétexte pour s'absenter de chez lui. Ils concluent les gestes amorcés quelques heures plus tôt dans le boisé du Mont-Royal.

* * *

Mylène est sans nouvelles de Pierre depuis quelques mois. Elle pense parfois à lui sans trop de rancœur. Elle aurait apprécié connaître les causes réelles de la séparation. Cette obsession la poursuit toujours. Le seule explication réside possiblement dans le simple fait que Pierre s'est amouraché d'une autre.

Elle a su par les enfants qu'il s'est installé en Gaspésie avec Jacinthe pour y demeurer jusqu'à l'automne. L'absence de Pierre chagrine les enfants mais soulage Mylène qui ne risque plus de le rencontrer au coin de la rue.

« Le temps et la distance, voilà bien les deux meilleurs palliatifs au mal d'amour », s'encourage-t-elle.

De temps en temps, Mylène emmène les filles au cinéma puis au restaurant. Rue Saint-Denis, elles occupent effrontément la largeur du trottoir, bras dessus, bras dessous. Les liens demeurent réels et solides.

Il est difficile de connaître la vraie réaction des filles face à la séparation puis au départ de leur père. Myriam et Marie-Eve adorent leur père pour qui elles entretiennent une véritable vénération. Elles acceptent ses explications sans poser de questions. Elles l'aiment.

Est-il plus difficile de vivre une séparation avec ou sans enfants ? réfléchit Mylène. Nicole, elle, a au moins ses enfants pour la forcer à tenir le coup. Mais avec eux viennent les problèmes d'argent. Sans pension alimentaire, on est astreint à des pirouettes financières. Seule, on peut toujours se débrouiller.

Sans enfant, il est sûrement moins compliqué de « refaire » sa vie. Seule, on peut penser à soi. Ce repli cache aussi un piège : trop de temps pour ressasser ses malheurs. En revanche, pas de repas à préparer absolument, de réunions de parents, d'enfants exigeants. Personne qui ne dépend de soi, quel soulagement ! Mais plus de solitude et de longues soirées à soliloquer, autant de jours de fêtes plus tristes.

« Dans toute situation, philosophe bravement Mylène, on trouve du bon et du mauvais ! »

Au début du mois de mai, Mylène songe sérieusement à avoir un enfant. Il faut agir maintenant ou jamais.

À quarante ans, il est trop tard, prétendent certains. Pour se rassurer, Mylène garde sous la main une allégation de la réputée Dr Rubinstein expliquant qu'on peut avoir des enfants tant qu'on peut concevoir, moyennant certaines précautions. Passé trente-cinq ans, la majorité des femmes se soumettent à l'amniocentèse, test par lequel les médecins décèlent certaines anomalies du fœtus.

Pour la première fois, Mylène peut se questionner sur la possibilité de transmettre la vie. Plusieurs de ses amies, femmes de carrière, regrettent ne pas avoir eu d'enfant et s'apitoient sur leur solitude et le vide de leur existence.

— Nous sommes passées à côté du plus important, déplorent-elles.

Mais souvent on croit que le plus important est ce qui nous a échappé. Combien de mères sans carrière ont également l'impression d'être passées à côté de la vie? Le regret a plusieurs visages.

Mylène est-elle assez déterminée pour avoir un enfant seule? Vincent n'a pas l'intention de quitter sa famille, cela a toujours été clair entre eux. Une fois l'enfant né, peut-être aurait-il un prétexte pour donner le coup de barre? À vrai dire, elle en doute.

Lorsque la raison reprend le dessus, Mylène attribue son désir d'enfanter à un caprice. Un caprice d'enfant... ironise-t-elle! Déjà, la responsabilité des enfants de Pierre ne s'est pas avérée toujours facile à assumer. Il faudrait tout recommencer. Ou plus précisément, tout commencer. Elle peut maintenant profiter de la vie, pourquoi s'astreindre au quotidien avec un enfant? Si elle veut se dévouer, les organismes de charité ne manquent pas.

Elle pense souvent à cet enfant. À celui ou celle qu'elle aurait eu avec Pierre sans sa vasectomie. Ou à celui de Vincent. Dans cinq ans, dans dix ans, ne regrettera-t-elle pas l'enfant jamais venu?

Personne autour d'elle ne prend au sérieux ce besoin surgi un bon matin sans crier gare. On va jusqu'à prétendre que c'est une façon comme une autre d'attirer l'attention...

Vincent répète qu'il aimerait bien avoir un enfant avec elle. Il assortit cependant son désir d'un couperet: pas question de quitter sa famille. Ainsi que le confort de son cottage de NDG, complète cyniquement Mylène. Quant à Claude, déjà grand-père, il est peu enclin à devenir simultanément père!

Sylvie conseille à Mylène d'y réfléchir sérieusement, de peser le pour et le contre. Anne, pour sa part, lui suggère d'« écouter son cœur ».

Au bureau, seul Luc est au courant. C'est lui le plus enthousiaste.

— Si tu as besoin d'un parrain, je suis disponible !

Après le désir d'avoir un enfant succède celui de vivre en couple. Partager sa vie avec quelqu'un !

Le soir, au lieu de s'évader au restaurant avec des copines, elle se réfugierait dans un petit nid douillet où un mâle attentionné ne réclamerait que le privilège de passer une autre soirée en sa divine compagnie ! Les fins de semaine, le couple recevrait des amis. Le samedi, on souperait avec Anne qui leur emmènerait les piliers du Thursday's et avec Sylvie qui leur présenterait les directeurs des meilleures boîtes de communication !

Mylène sourit de ses envies les plus folles. Comme celles d'acheter un perroquet d'Afrique ou d'entreprendre l'élevage des colombes.

Puis un beau matin, ces envies s'estompent au profit d'un projet peut-être plus sage : passer ses vacances en France. Elle se rendrait à Paris puis louerait une automobile. Destination Provence, où elle découvrirait le fameux pont d'Avignon et les arènes d'Arles, sans oublier le pont du Gard et la Fontaine de Vaucluse. Elle séjournerait à Pont-St-Esprit, village chaleureusement recommandé par Vincent. Cette perspective plus réaliste lui redonne de l'énergie et elle cesse ses incursions chez madame Delongchamps, rue Laurier, où elle se pâmait devant les adorables vêtements pour enfants.

— J'ai dépassé l'âge de jouer à la mère. Je joue maintenant à la femme libre !

Les parents de Mylène sont allés en Europe à plusieurs reprises. Ils applaudissent le projet de leur fille. Sans l'ombre d'un doute, elle reprend goût à la vie.

Au bureau, Mylène enthousiasmée à l'idée de partir en voyage, éprouve de la difficulté à se concentrer. Elle dîne souvent en compagnie du guide Michelin!

Mylène confie son projet à Sylvie qui propose de l'accompagner. Explosion de joie.

— Et tu sais ce qui serait super merveilleux, Sylvie? C'est que Nicole nous accompagne.

— Celle qui demeure à Natashquan?

— Oui. Ça lui remonterait le moral. C'est une fille épatante. On s'amuserait comme trois couventines en liberté!

— En tout cas, tu peux compter sur moi. C'est sûr à 95%. Il me reste seulement à planifier mon horaire pour pouvoir m'absenter.

* * *

Un surplus d'ouvrage et un sens d'économie ont empêché Mylène de visiter Nicole à Natashquan. Les deux amies entretiennent leurs relations au téléphone.

Nicole éprouve beaucoup de mal à émerger de sa peine d'amour. Par surcroît, ses fils lui causent de sérieux problèmes. Leur but est d'aller vivre avec ce père qui ne s'est jamais vraiment préoccupé d'eux et qui soudainement, tient à ses enfants. Chantal, élevée avec une clique de garçons, n'y voit pas d'inconvénients. Elle est prête à tenter l'aventure de la famille reconstituée.

Contrairement aux attentes de Nicole, les enfants visitent souvent leur père. La belle-famille défraie le transport aérien. À peine revenus à Natashquan, les jeunes ne rêvent que de repartir pour Sept-Iles. Ils sont irrésistiblement attirés par les clubs vidéo et leur choix incroyable de films d'horreur, l'aréna, les piscines, les terrains de baseball, les cinémas, et quoi encore !

Un matin de mai, Mylène apprend par Estelle, la sœur de Nicole, que celle-ci a été admise à l'hôpital. Surdose de calmants. Tentative de suicide. Les médecins ne se prononcent pas encore sur ses chances de survie. Elle repose à l'hôpital de Sept-Iles.

— Je voulais te prévenir, je sais que tu es sa meilleure amie. Je me sens tellement désemparée. Nicole fait une sérieuse dépression. Elle n'a plus le goût de vivre. Depuis qu'elle réalise l'attachement des enfants pour leur père, elle dépérit.

— J'irai à Sept-Iles en fin de semaine. D'ici là, tiens-moi au courant des développements.

— Merci beaucoup. J'habite chez une de nos tantes à Sept-Iles. Je te donne l'adresse, viens m'y rejoindre.

Estelle est propriétaire d'une boutique de vêtements à Québec. Elle a dû quitter tôt ce matin-là, et malgré une peur maladive de l'avion, prendre le premier vol en partance pour Sept-Iles.

Le téléphone raccroché, Mylène reste sidérée. Elle appelle Vincent et lui demande de la rejoindre à la cafétéria. Elle sent le besoin de partager sa peine.

Après lui avoir résumé la situation, Mylène se confie.

— Dire que j'ai failli moi aussi mettre fin à mes jours.

Elle lui raconte l'épisode de sa pendaison ratée.

— Mylène, ils vont sauver ton amie.

— La sauver ! Pauvre elle. Toute seule là-bas.

— Tu me disais qu'elle avait de bonnes amies...

— Des amies qui n'ont pas su l'aider.

— Tu parles comme si elle était morte...

— J'ai peur, Vincent.

Vincent serre ses mains dans les siennes comme pour les réchauffer.

— Elle s'en sortira.

— J'espère...

Mylène se ressaisit. Elle avale une gorgée de café.

— Nicole n'a pas eu ma chance. J'ai été privilégiée d'être entourée de ma famille, puis de mes amis Sylvie, Anne, Luc, même Nicole. Et puis je t'ai rencontré. Oh! Je sais. Tu n'es pas libre, jamais on ne vivra ensemble, mais tu n'imagines pas le bien que tu m'as fait. Tu as été ma première bouffée d'air. J'ai réappris à revivre à partir de toi. Jamais tu ne pourras savoir combien tu m'as aidée.

— Toi aussi tu m'aides, Mylène.

Leurs mains se caressent à nouveau. Vincent promet de tout faire pour la voir avant son départ pour Sept-Iles.

Mylène est obsédée par son rendez-vous manqué en février avec Nicole. Tout l'avant-midi, elle s'adresse des reproches. Si elle y était allée comme prévu, Nicole ne serait peut-être pas à l'hôpital aujourd'hui.

Mylène se remémore sa tentative de suicide et l'appel de sa mère venu contrecarrer son funeste projet. Quelle folie elle aurait commise!

Depuis quelques mois, la vie lui a apporté des moments très agréables. Mylène est même devenue un véritable rayon de soleil!

Mylène se rappelle la conversation qu'elle a eue un midi avec Françoise, une de ses compagnes divorcée.

— Tu sais Mylène, beaucoup de femmes ne se remettent jamais d'une séparation. C'est un boulet qu'elles traînent toute leur vie. Il faut être forte pour passer à travers tout cela. Ce n'est pas donné à tout le monde. Tu le sais comme moi : il faut se faire violence pour fonctionner malgré tout. Au début surtout. Plus morte que vivante, on se sent dépossédée, amputée d'une partie de soi. Puis, petit à petit, on reprend confiance, on s'extirpe de son univers étouffant. Si on a la chance d'avoir autour de soi des gens attentifs ou simplement humains, on s'en sort. Plus tard, on s'aperçoit que ces douleurs-là n'ont pas été inutiles. Elles nous ont propulsées en avant. On devient plus perméable aux joies quotidiennes. On a été tellement malheureux qu'on apprécie chaque minute de « non-malheur » !

Autour de Mylène, il y a plein de femmes divorcées. C'est devenu le travailleur-type : une femme divorcée dans la trentaine, ayant un enfant à sa charge. Et le profil de cette entreprise ne diffère sûrement pas des autres.

Le soir-même, Mylène entend la voix faible de Nicole à l'autre bout du fil. Elle pleure doucement. Mylène est tout de même soulagée d'entendre son amie.

— Nicole, tu es en vie. C'est ça qui compte. Tu vas voir, je vais t'aider. On va toutes t'aider.

Les pleurs de Nicole redoublent.

— J'ai mal...

— Oui Nicole, je sais. Ne t'épuise pas. Vendredi soir, je serai à tes côtés. Je t'embrasse. Je t'aime. Courage !

Mylène éclate à son tour. Estelle, la sœur de Nicole, prend le combiné en reniflant.

— Mylène, je serai à l'aéroport. Merci de venir.

On sonne à la porte. Mylène devine que c'est Vincent. C'est une maîtresse bouffie par les pleurs qui se réfugie dans ses bras.

Vincent dispose de peu de temps. Mais il tenait à la réconforter. Ils s'étreignent. Il lui murmure quelques paroles bienfaisantes et la cajole tendrement.

Cette nuit-là, Mylène aurait bien souhaité que Vincent fut libre et qu'il dorme avec elle.

* * *

Elles sont quatre dans la chambre de Nicole. Quatre victimes de dépression. Leurs histoires se ressemblent étrangement.

Nicole, pâle et amaigrie, tend les bras vers Mylène. Leurs retrouvailles sont touchantes. Estelle les laisse seules.

Fatiguée de son périple en avion, Mylène a de la difficulté à trouver les bons mots.

— Nicole, remets-toi bien vite puis viens donc vivre à Montréal. Tu pourras partager mon logement le temps de t'en trouver un à ton goût. J'ai des amis merveilleux. Je te les présenterai. Viens donc !

— Et les enfants ?

Nicole pleure à chaudes larmes.

— Emmène-les avec toi. On t'aidera. Au nombre qu'on est, ils ne manqueront pas d'oncles et de tantes !

Nicole sourit tristement.

— Ils veulent vivre avec leur père...

Nicole sombre à nouveau dans la détresse. Son débit ralentit. Les remèdes l'amortissent.

Estelle revient. Elle explique que Nicole ne doit pas combattre le sommeil. Elles l'embrassent et promettent d'être là le lendemain sans faute.

Les deux filles se couchent très tard. La tante prépare un véritable festin pour le petit-déjeuner qui sert aussi de repas du midi.

La tante Georgette aime beaucoup Estelle et c'est réciproque. À chacune de ses visites, sa nièce préférée lui apporte de superbes vêtements choisis avec soin pour qu'ils conviennent bien aux 18 ans qu'elle habille. La tante est donc aux petits soins pour Estelle et son invitée.

Après un deuxième café, Mylène se confie à Estelle pendant que la tante dessert discrètement la table.

— Je suis un peu surprise qu'il n'y ait que toi à l'hôpital. Vous avez des frères et sœurs ?

— Oui, mais depuis la mort de nos parents, la discorde règne. Quand on s'est vu aux Fêtes chez Nicole, ça n'a pas été très rigolo. Et puis, certains vivent au loin. On est tous éparpillés aux quatre coins du pays. Au fond, notre famille n'a jamais été tellement unie. On se supporte plus qu'on s'aime. Nicole et moi sommes l'exception. Moi, je l'adore ma petite sœur... J'ai été bien déçue de la voir épouser cet espèce d'intellectuel frustré. Je la voyais plutôt infirmière en chef dans un grand hôpital, mais pas exilée au bout du monde pour faire plaisir à un homme comme lui !

— Elle devrait déménager à Montréal. Qu'en penses-tu ?

— Ce serait merveilleux. Je serais moins loin d'elle. Québec-Montréal, ça se voyage bien !

— Et les enfants ? Penses-tu qu'ils ont vraiment envie de vivre avec leur père ?

Estelle se renfrogne.

— J'ai bien peur que oui.

Puis après un instant de silence, elle rage.

— Merde. Qu'ils y aillent ! Nicole n'en sera que plus libre. À lui le rôle de parent à temps plein. Il sera bien obligé de travailler et de retomber sur la planète.

— Estelle, j'aimerais que Nicole vienne en France en juillet. J'ai l'impression que ce voyage la ressusciterait.

Estelle bondit.

— Si elle est le moindrement intéressée, je lui offre le voyage. Oui, compte sur moi. Elle va s'en sortir ma petite sœur. À deux, on devrait être capables d'en venir à bout !

L'espoir perce enfin. Estelle, accablée d'une sainte horreur des avions, veut bien défrayer le voyage de sa sœur.

— Sans cette maudite phobie, j'irais en Europe quelques fois par année acheter des vêtements pour la boutique. Aussi bien que quelqu'un en profite !

Le dimanche matin, Mylène reprend l'avion pour la métropole, après avoir passé la journée de samedi avec Nicole. La malade prend du mieux.

Evidemment, on ne parle pas d'avenir mais les projets sont possibles.

Estelle reste à Sept-Iles pour quelque temps.

— La boutique fonctionne très bien sans moi. Et à mon âge, il est temps que je m'accorde un peu de temps et que je pense à ceux que j'aime.

Estelle, une élégante dame de 55 ans, a perdu son mari dans un accident d'automobile. Elle avait alors 25 ans. Elle ne s'est jamais remariée, préférant consacrer toutes ses énergies à sa carrière. Elle songe aujourd'hui à ouvrir une succursale à Ste-Foy. Femme d'affaires, elle a su administrer intelligemment la succession de son mari. Aujourd'hui, elle a les moyens d'arrêter de travailler et de vivre confortablement. Mais elle aime mieux s'occuper de ses clientes.

On ne lui connaît pas de passions autres que celles des chats et des livres rares.

* * *

Mylène ne fera qu'acte de présence au dîner réunissant les employés pour célébrer l'arrivée bénie des vacances. Ce soir, elle fête avec des amis son départ pour la France.

À midi, le groupe d'employés se retrouve « Chez Marleau », angle Roy et Drolet. On a grimpé d'un cran cette année ! On a tourné le dos aux brochetteries grecques. Plus question d'apporter son vin et de manger coincés entre les plantes vertes !

L'ambiance est plus tiède que l'an dernier. Quant à Mylène, elle se sent autrement mieux dans sa peau. En douze mois, que d'eau a coulé sous les ponts.

Nathalie raconte à nouveau son voyage au Maroc avec son bel amant des contes des mille et une nuits, sans cacher qu'elle a passé une bonne partie de l'année sur les antibiotiques ! Depuis quelques semaines, elle fréquente un homme d'âge mûr qui la satisfait pleinement. Elle s'assagit la belle !

— Il est peut-être un peu pépère, mais il a de l'argent. Avec lui je ne risque rien !

Françoise, de son côté, en est un peu revenue des voiliers. Cet été, elle part pour la Gaspésie avec sa mère. La libertine divorcée s'est prise d'affection pour elle et lui consacre désormais beaucoup de temps.

— Je suis mieux d'en profiter avant qu'elle ne tombe malade. C'est une femme merveilleuse. J'ai l'impression de la découvrir. On a tellement de plaisir ensemble. Et elle a plus d'énergie que moi. Je m'épuise bien avant elle.

Janette, forte de l'expérience de ses nombreuses amies qui se retrouvent seules, a décidé de reconquérir son mari volage. Demain, elle part avec lui pour Virginia Beach. Les enfants iront en camp de vacances.

— Deux semaines juste pour nous autres. On le mérite bien !

Guillaume n'a pas changé. Il n'est guère plus jasant. On apprend cependant qu'il vient d'acheter un condo et consacrera ses vacances à la décoration. Il vit avec une femme que personne ne connaît. La rumeur veut qu'elle soit pianiste.

Luc, pour sa part, ne retourne pas en Californie. Son ami et lui iront plutôt sur la côte Est américaine.

— On part à l'aventure. Ce qui compte, c'est qu'on soit ensemble.

Le patron, lui, est fidèle à la tradition. Simon retourne à Ogunquit avec sa petite famille qui vient de s'enrichir d'une magnifique chatte siamoise.

Mylène s'éclipse avant le dessert. Elle embrasse tout le monde et revient au bureau fermer un dernier dossier. À 15 heures, elle quitte pour aller préparer la fête de ce soir.

Un dernier achat en chemin : des baguettes de pain croûté. Tout y est. Les autres victuailles ont été achetées hier soir avec Sylvie. Fromages, pâtés, crudités, salades et fruits, composent le menu. Comme entrées, canapés aux crevettes et quelques trempettes. Mousseux, vin rouge et blanc pour les gosiers assoiffés. Pâtisseries miniatures pour la gourmandise. Rien de compliqué.

Sylvie arrive presque en même temps que Mylène. Cet après-midi, elle est allée quérir son passeport au Complexe Guy-Favreau. Elle raconte en exagérant, comme d'habitude, qu'elle a bien failli faire une crise d'hystérie quand elle a mesuré la file d'attente.

— Je suis toujours à la dernière minute. Quand est-ce que je vais me guérir ?

En fin d'après-midi, tout en parlant de leur départ, Mylène et Sylvie préparent les amuse-gueule... et goûtent pour s'assurer que tout est convenable pour les invités !

Les vacances s'annoncent excitantes.

Une seule ombre au tableau : Nicole n'a pas répondu à leur invitation de voyage, malgré la collaboration d'Estelle chez qui elle vit depuis quelques jours.

À l'hôpital où elle est demeurée quelques semaines, Nicole a rencontré des gens sympathiques à qui elle a osé quelques confidences. Sa convalescence est amorcée et Nicole semble disposée à se reprendre en main et tourner enfin cette page sale. Son ex-mari s'occupe des enfants pour l'été. À la fin d'août seront prises les décisions concernant leur garde.

Nicole et Estelle ont été chaleureusement conviées à participer à la réception de ce soir. Leur réponse est restée évasive.

Depuis quelques jours, Claude vient souvent à la maison, histoire d'apprivoiser le chien dont il assumera la garde pendant l'absence de Mylène. La conquête n'a pas été ardue. Dès que Capucine le voit, elle bondit de joie.

Claude s'installera chez Mylène tandis que des ouvriers rénoveront la cuisine de son condo d'Outremont. Il doit compléter un scénario et le bureau de Mylène l'inspire.

Demain matin, Vincent part en voyage avec sa petite famille. Il a promis à Mylène de faire l'impossible pour venir la saluer avant ces vacances qui les sépareront pendant plus d'un mois.

Mylène arrive à un tournant de sa vie. Il y a un an, Pierre la quittait. Tranquillement, les plaies se cicatrisent. Encore fragile, elle contrôle de plus en plus sa vie. Ce voyage en France est un signe indéniable de sa guérison imminente.

Mylène veut profiter de son séjour en Europe pour faire le point sur sa vie sentimentale. Où la conduit sa vie amoureuse ? Désire-t-elle continuer à vivre entre un amant marié et un ami indécis ? A-t-elle peur de se retrouver à nouveau seule ? Cette crainte ne l'empêche-t-elle pas d'avoir des exigences ? Elle sait très bien qu'en forçant les deux hommes de sa vie à faire un choix, elle devra aussi redéfinir ses priorités.

Elle dispose d'un mois pour ressasser tout ça. Pour l'instant, mieux vaut s'occuper des noix d'acajou avant que Sylvie ne les fasse toutes disparaître. Un canapé, une noix ! À ce rythme-là, les préparatifs traînent en longueur et le buffet risque de disparaître avant l'arrivée des invités !

Luc arrive le premier avec son ami Roger. Il raconte la fin du dîner. Tout le monde s'embrasse et Sylvie offre les premiers verres de mousseux.

Anne arrive bientôt au bras d'un superbe Suédois cueilli la veille chez Thursday's. L'homme resplendit d'une beauté peu commune. Luc et Roger le détaillent et envient la chanceuse. Anne savait bien qu'Ingmar produirait son petit effet !

Prenant Sylvie et Mylène à part, elle leur confie en s'esclaffant :

— Les filles, fiez-vous pas à l'allure... Il est bien beau, mais au lit, c'est pas l'Pérou. J'en ai connu des pas mal moins grands, pas mal mieux équipés... et surtout plus adroits !

Les trois copines trinquent.

Le mousseux se laisse boire et Anne va mettre sur la platine un disque d'Oum Kalsoum. Anne se déhanche voluptueusement au rythme d'une complainte libanaise. Le beau Suédois n'a d'yeux que pour elle. La soirée s'annonce bien !

Claude arrive vers 21 heures avec un Magnum de champagne. Il fait sensation. Capucine est la première à l'accueillir. Puis tout le monde court l'embrasser. Même Luc et Roger qui ne se font pas prier pour s'exécuter !

Une heure plus tard, Vincent arrive. Il doit bien avoir l'impression d'entrer dans une maison de fous !

L'air songeur, il embrasse Mylène avec fougue. Ils se retirent dans un coin pour se souhaiter de bonnes vacances. Fidèles à leur habitude, ils ne se promettent rien, ne fixent surtout pas de prochain rendez-vous.

— Envoie-moi une carte au bureau, je la lirai à mon retour. Je pars demain. Tu sais, je serais bien resté avec toi... Je partirais bien avec toi...

Puis avec une certaine gêne, il poursuit :

— Je t'ai écrit. Mais attends d'être dans l'avion pour lire la lettre. Je t'aime. Je t'aime énormément, ma belle. Je ne te le dis pas souvent, mais je t'aime. Bon voyage. Profites-en !

Leur dernier baiser a quelque chose de désespéré. Vincent part sans saluer personne, ne s'arrêtant même pas pour Anne qui l'interpelle.

— Hé le sculpteur ! Regarde le beau morceau que j'ai déniché. Ça te ferait un modèle parfait... Il est bien taillé, non ?

Mylène reste perplexe. Elle enfouit la lettre dans son sac de voyage, chasse les idées sombres et rejoint ses invités.

Nous voilà à l'heure « relax » de la soirée.

Chacun trouve un coin où s'affaler. On écoute du Ferré en dégustant un cognac ou une verveine. On est bien tous ensemble et personne ne songe à partir. C'est comme si on se retrouvait dans une bulle d'amitié, protégés du reste du monde !

Taquin, Claude se rapproche de Mylène qu'il attire vers lui.

— On s'ennuie déjà du beau sculpteur ?

— Grand fou ! Hélas, c'est vrai. Il me manque déjà. Mais il me reste le cinéaste pour ce soir, samedi et dimanche...

— Merci pour les restes ! rétorque Claude. Le restant t'invite à souper dimanche... car demain soir, il est occupé.

— Mon escogriffe !

Les invités gagnés par une paresse langoureuse étirent la nuit en musique et en murmures tendres. Seul le beau Suédois, impatient, regarde ostensiblement l'heure toutes les dix minutes. Visiblement, Anne a le contrôle et en profite.

Vers deux heures de la nuit, le téléphone sonne. Mylène s'y précipite.

— Mylène, c'est Nicole...

En écho, la voix d'Estelle l'encourage.

— Oui, c'est moi. Je voulais te dire que si ça marche toujours pour Paris, eh bien, moi je pourrais...

— Je peux, corrige Estelle dans l'appareil...

— Oui, je peux aller vous rejoindre à Paris. Estelle a réussi à obtenir un billet pour jeudi...

Mylène bondit de joie. Sylvie court la rejoindre. Elle a tout deviné.

— Nicole ? C'est Sylvie ! On ne se connaît pas mais je suis super contente que tu viennes avec nous. Tu vas voir, tu ne le regretteras pas. Mylène et moi, on est folles de joie...

Estelle prend la relève.

— Mylène, pardonne-nous d'appeler si tard. Une amie a trouvé le billet et vient de nous prévenir... Alors comme on savait que vous fêtiez ce soir, on s'est permis...

— Je suis tellement heureuse, Estelle. Un gros merci d'avoir convaincu ta sœur. Embrasse-la de ma part. Je vous rappelle lundi et on s'organise pour jeudi. Sylvie et moi, on sera là sans faute pour l'accueillir à Charles-de-Gaulle.

Mylène ne contient plus sa joie.

Pour célébrer la bonne nouvelle, Claude lui sert un généreux verre de cognac qu'elle substitue à la verveine. Au diable son souci d'être en forme pour le voyage !

* * *

Le dimanche, Mylène se réveille très tôt. Claude dort encore. En prenant garde de ne pas le déranger, elle l'observe longuement. Elle caresserait bien son visage et cette barbe grise qui blanchit de jour en jour, mais elle l'admire plutôt à la dérobée. Il est attendrissant. Sa peau n'est pas aussi lisse que celle de Vincent, mais quel homme « confortable ». Mylène se sent en sécurité avec lui. Rien de mal ne peut survenir en sa compagnie. Comme elle aurait souhaité partir avec lui ! Mais il a trop de boulot. Et il craint qu'un tel voyage ne resserre trop leurs liens. Monsieur tient tellement à sa liberté chérie ! Pourquoi baliserait-il sa vie quand il obtient, sans attache aucune, tout ce qu'il souhaite ?

Mylène se dirige vers la cuisine préparer deux grands verres de jus d'oranges, pamplemousses et citrons. De retour à la chambre, elle se glisse dans le lit après avoir déposé les boissons sur la table de chevet.

Elle réveille Claude par une chaîne de baisers sonores qui éclatent ici et là sur son visage puis dans son cou. Elle lui chatouille le nez avec la langue et s'amuse de ses drôles de mimiques.

Mais Claude ne dort pas depuis un bon moment déjà.

Il prend Mylène à bras-le-corps et la renverse.

— Tu sais Mylène, je me suis réveillé avant toi. Et j'ai bien passé un beau quart d'heure à te regarder. Tu es bien belle...

— Grand fou !

— Tu es belle. Et pas juste en dedans.

Au cours de l'après-midi, Sylvie téléphone au moins trois fois pour se rassurer quant au contenu de ses valises.

Mylène, plus habituée à voyager, la tranquillise.

— Ton passeport et une bonne carte de crédit, voilà l'essentiel. Cesse de te tracasser. Tant mieux si tu oublies des choses, ça nous obligera à magasiner à Paris, ma chère !

— Je suis tellement excitée de partir. Mes bagages sont prêts depuis longtemps. Et toi ?

— Moi ? Eh bien, je les fais toujours à la dernière minute.

Quelques heures plus tard, alors qu'elle revient du restaurant chinois avec Claude, une profonde langueur envahit Mylène. Elle se sent angoissée sans savoir pourquoi.

— J'ai l'impression de porter sur mon dos tout le poids des douze derniers mois. Je suis complètement vidée. Je me sens vieille tout à coup.

— Voyons ma belle, tu es superbe. C'est peut-être le vin que tu as bu... et tous les préparatifs des derniers jours !

— Espérons !

Ce soir ils se couchent tôt. Ils veulent tout d'abord emmagasiner des souvenirs sensoriels et sensuels pour le mois qui va les séparer. Puis Mylène veut dormir une bonne nuit. Claude se colle contre elle. Elle lui manquera.

— Si tu veux, demain on partira tôt et on prendra le temps de casser la croûte avant le départ...

— Tu n'y penses pas, rétorque en riant Mylène. C'est tout ce qu'on va faire en avion : bouffer ! On arrive à peine qu'ils nous offrent des apéros puis le repas. Ensuite, on a droit à un mauvais film et on essaie de dormir un peu. Puis hop ! On lève les stores, et voilà le petit-déjeuner. En l'espace de six heures, tu as ingurgité au moins deux repas complets sans compter les consommations, les collations, les cafés et les Life Saver !

Claude est parti acheter des cigarettes chez le dépanneur. Mylène en profite pour faire le tour de la maison. Elle caresse la sculpture que Vincent lui a offerte et qui trône dans le salon. Le marbre de Carrare représente un couple enlacé. Elle regarde un peu tristement tout son petit monde qu'elle s'apprête à quitter pour un mois. Claude a emmené Capucine avec lui. Mylène pense à son animal qui lui manquera aussi.

Soudain, un flash. Elle se revoit, un an auparavant, tournant en rond dans cette même maison, étouffant littéralement de chagrin et mourant « par en dedans ».

Elle prend une grande respiration. Plus jamais elle ne veut éprouver pareille angoisse.

Elle compare sa solitude d'alors à celle de maintenant. Elle est encore seule, mais différemment. Elle compte de bons amis, de bonnes copines. Elle n'est plus malheureuse. Elle est presque heureuse. La vie lui semble bonne. Elle apprécie sa liberté même si parfois elle la trouve étourdissante.

Depuis un an, tout s'est transformé. Sa rencontre avec Vincent, son attachement et sa passion pour lui. Puis son amitié amoureuse et toujours apaisante avec Claude.

Pierre vit toujours en Gaspésie avec Jacinthe. Myriam et Marie-Eve le retrouveront dans quelques jours. Mylène a promis aux filles un souvenir de la tour Eiffel. Elles ont juré lui adresser une carte postale représentant le rocher Percé.

La vie suit son cours. Mylène a bien sûr des moments de cafard, mais ils durent rarement.

Claude l'encourage à écrire des scénarios maintenant qu'elle en a le temps.

Sylvie arrive par taxi chez Mylène. Elle a du mal à monter ses deux valises au troisième. À peine a-t-elle réussi son exploit que Claude se montre le bout du nez.

— Non mais, t'aurais pu arriver juste deux minutes avant... Je suis épuisée !

Décontenancé, Claude regarde les valises dans l'entrée.

— Primo, tu aurais pu au moins les laisser sur la galerie du deuxième, personne ne se serait sauvé avec ça. Secundo, je croyais qu'on allait te chercher. Et tertio, donne-moi une bise au lieu de chiâler...

— J'étais trop impatiente de partir. Après avoir confié mes chats à la garderie, je ne tenais plus en place. Alors, je me suis dit que si je me rendais ici, Mylène m'offrirait peut-être un Kir...

— Assoyez-vous. Je vous apporte tout ce qu'il faut.

Claude se dirige vers la cuisine et prépare les Kir.

— Mylène, réalises-tu qu'on part ? Dans douze heures, on sera à Paris.

Mylène se laisse presque attendrir par Capucine qui échappe de gros soupirs. Elle suit sa maîtresse jusqu'à la porte. Claude joue les galants.

— Cette fois-ci, mesdames, vous avez un porteur de bagages. Ne vous fatiguez pas, je m'occupe de tout. Profitez-en, car à Paris je ne serai pas là.

À Mirabel, Claude casse la croûte. Mylène et Sylvie optent plutôt pour un second Kir.

— C'est pas que j'ai pas faim, explique Sylvie, je n'ai rien mangé de la journée. Je suis trop nerveuse. Je suis survoltée!

— La même chose pour moi!

* * *

À l'heure prévue, l'avion décolle.

Claude assiste au départ, le cœur gros. Il aime bien Mylène. Elle lui apporte tellement de spontanéité, d'humour, de joie de vivre, de chaleur humaine. C'est une complice. Il peut tout lui dire. Rien n'est tabou. Ni trop personnel ou osé. C'est la première fois de sa vie qu'il rencontre un être doté d'une sensibilité et d'une sensualité semblables aux siennes. Il ne vivrait pas avec elle car il chérit trop sa liberté. Mais jamais il ne se déferait de son amitié.

Le cinéaste-scénariste rentre promptement au logis de Mylène où Capucine geint doucement. Cette mélopée le trouble. Il l'emmène rue St-Denis pour une promenade pendant laquelle il s'attardera dans quelques cafés.

— Je serais prêt à parier qu'avec un beau petit toutou comme ça, les filles vont m'approcher... sans que j'aie à lever le petit doigt !

Mylène a hérité du siège près du hublot. Le souper terminé, les deux copines prennent des couvertures pensant s'assoupir. Mais comment fermer les yeux ? Elles parlent sans arrêt.

Sylvie consulte son guide Michelin et trace une étoile au crayon de plomb devant les noms des monuments ou des villages à visiter à tout prix.

— Tu sais, avec un tel itinéraire, on n'aura pas assez de quatre semaines !

Mylène s'anime soudain. Elle déclare avec un regain d'énergie :

— Sylvie, j'ai une idée ! Jeudi, on accueille Nicole à l'aéroport avec des gerbes de fleurs. On engage des photographes. On va lui organiser un accueil digne d'une star !

Mylène rit. Elle imagine déjà le spectacle : les flashes des caméras, les fleurs, et la foule qui s'interroge sur l'identité de cette personnalité si attendue !

— On peut même apporter un magnétophone, un micro pour l'interviewer...

— On va le faire, Mylène. Ça va être complètement capoté. Je ne la connais pas, mais je suis persuadée que ça va la remettre sur pied pour de bon. Rien comme une manifestation d'amour pour vous redonner goût à la vie !

Mylène attend que Sylvie se soit assoupie avant d'ouvrir la lettre de Vincent. Depuis vendredi, elle brûle de la décacheter tout en redoutant cet instant.

— J'ai peur, murmure-t-elle en soupesant l'enveloppe.

À peine a-t-elle commencé à lire les premières lignes que Mylène pousse un cri. Sylvie se réveille. Les mots qu'elle lit, Mylène refuse de les traduire en réalité.

— Sylvie...

Mylène est blanche comme un drap. Elle ne pleure même pas. Une statue.

Sylvie lui arrache la lettre des mains.

« Mon très cher amour,

Je sais que tu m'en voudras, mais je ne peux continuer à tricher. J'ai une amie depuis quatre ans et elle vient de m'annoncer qu'elle est enceinte de moi. Je pense qu'il est de mon devoir de t'en informer. Pour moi, cela ne change rien à nos relations. Je souhaite que nous continuions d'être des amants fous de passion. Ma femme ne sait rien de tout ça. Fais un bon voyage. J'ai hâte de te serrer dans mes bras.

Ton amant... »

Mylène ferme les yeux, se renfrogne. Des larmes coulent le long de ses joues. Sylvie tente de la consoler.

— Ah le maudit! C'était vraiment pas le temps. Il aurait pu attendre après le voyage.

La consternation passée, Mylène se ressaisit, se redresse.

— Je ne suis même pas surprise. Je me disais souvent que s'il pouvait mentir à sa femme, il pouvait aussi me jouer dans le dos. Dans le fond, je pense que j'ai toujours su que ça pouvait arriver. J'ai pris le risque. J'ai perdu.

Sylvie fait un signe à l'hôtesse et lui commande deux cognacs. Celle-ci réplique que le bar est fermé. Sylvie lui fait comprendre qu'elles en ont besoin comme d'un remède.

Malgré la situation, Mylène sourit.

— Tu sais, quelqu'un a dit un jour que rien n'est vraiment aussi extraordinaire ni aussi affreux qu'on le croit... Je pense qu'il avait raison.

Après quelques gorgées d'alcool, Mylène et Sylvie tentent de démêler la vie sentimentale de monsieur.

— Tout d'abord, il est marié et père d'une petite fille. Ensuite il a une « amie » qui est enceinte... et je suis sa maîtresse...

— Ou une de ses... précise Sylvie, sarcastique.

Mylène relit la lettre. Elle sort une tablette de sténo, un stylo et entreprend une réponse à Vincent.

Après quelques mots seulement, elle arrache la feuille, la froisse et la lance par terre.

— Si j'écrivais pour moi à la place !

Elle jette sur papier des idées pour un scénario.

Sylvie est rassurée. Mylène ne pleure plus. Elle écrit.

— Aujourd'hui je décide de vivre ma vie à moi. Finies les demi-mesures. Je refuse les compromis. Je veux tout. Ou rien. Pas seulement des miettes d'amour. Je mérite plus que ça.

Les petites lampes de la rangée « 6 à droite » s'éteignent bientôt. Mylène et Sylvie trouvent un sommeil agité.

Une demi-heure plus tard, Mylène est réveillée par des cris.

* * *

Le père de Mylène ne cesse de répéter que la chute n'a duré que 22 secondes. Pas le temps de s'en apercevoir.

— C'est long 22 secondes, proteste sa femme. Attendre la mort 22 secondes, c'est long... bien trop long...

Pour la troisième fois, le père relit l'article du journal.

— « C'est après la courte escale à Londres, à peine quatre minutes après le décollage, alors que l'avion avait atteint 3500 mètres d'altitude, que la catastrophe est survenue. Une porte de la soûte à bagages, mal enclenchée et mal verrouillée se serait arrachée de la carlingue. Sous la force de la pression et de la vibration, le plancher de l'appareil s'est effondré. Toute la partie arrière de la masse de métal s'est tordue alors que l'avion poursuivait sa montée et filait à la vitesse de 500 kilomètres à l'heure. »

Mylène et Sylvie étaient au nombre des 346 victimes.

Le téléphone ne cessait de sonner chez les parents de Mylène. Vincent et Claude avaient appelé. Paniqué, Claude s'inquiétait pour l'avenir du chien.

Le père l'avait cavalièrement rabroué.

— Mais vous êtes fou... Arrêtez de penser au chien... C'est Mylène qui est morte...

Mylène a réveillé tous les passagers qui occupent le devant de l'avion avec son affreux cauchemar. Sylvie ne sait plus que faire devant l'hystérie de sa copine.

Puis Mylène cesse brusquement de s'agiter pour éclater d'un rire libérateur.

— J'ai rêvé qu'on était mortes, qu'on avait eu un accident d'avion...

Elle raconte en détail son cauchemar.

Certains passagers n'apprécient pas du tout son histoire surtout qu'on s'apprête à faire escale à Londres…

— Et tu sais quoi, Sylvie? Claude il ne pensait qu'au chien...

Cette fois-ci, elle est prise d'un fou rire incontrôlable.

Quand l'avion atterrit à l'aéroport, Mylène est complètement vannée et rit encore.

Le portier qui accueille Mylène et Sylvie à l'hôtel d'Angleterre de la rue Jacob, dans le 6e arrondissement, demeure perplexe devant le comportement bizarre des deux arrivantes.

— Vous savez monsieur, on a survécu... Oui on a survécu!

* * *

Achevé d'imprimer
en mai 1990 sur les presses
des Ateliers Graphiques Marc Veilleux Inc.
Cap-Saint-Ignace, Qué.